O Estigma Oculto 1

Copyright © 2022 Ryuho Okawa
Edição original em japonês: Shousetsu Jujika no Onna 1 –
Shinpi hen © 2022 Ryuho Okawa
Edição em inglês: © 2022 The Unknown Stigma 1 –
The Mystery
Tradução para o português © 2022 Happy Science

IRH Press do Brasil Editora Limitada
Rua Domingos de Morais, 1154, 1º andar, sala 101
Vila Mariana, São Paulo – SP – Brasil, CEP 04010-100

Todos os direitos reservados.
Nenhuma parte desta publicação poderá ser reproduzida, copiada, armazenada em sistema digital ou transferida por qualquer meio, eletrônico, mecânico, fotocópia, gravação ou quaisquer outros, sem que haja permissão por escrito emitida pela Happy Science – Happy Science do Brasil.

ISBN: 978-65-87485-39-3

ROMANCE

O Estigma Oculto 1

⟨O Mistério⟩

Ryuho Okawa

IRH Press do Brasil

1.

Já fazia mais de um mês desde que Junichi Yamasaki, da Primeira Divisão de Investigação Criminal do Departamento de Polícia Metropolitana de Tóquio, ouvira aquele boato. Falava de um incidente ocorrido no parque Arisugawa, em Hiroo.

No início do verão, por volta do anoitecer, quando o local ficou quase vazio, um grito alto de uma jovem de repente ecoou pelo parque arborizado.

Três pessoas que estavam ali perto ouviram o grito e correram em direção ao som, mas, quando chegaram, a suposta vítima não estava mais lá. Em seu lugar havia um homem forte, deitado no chão, sem sentidos, com os olhos revirados e espumando pela boca. O homem estava com o cinto desafivelado e as calças meio arriadas, então parecia óbvio que tentara estuprar uma mulher. De fato, as evidências nas roupas do homem sugeriam que ele estava prestes a fazê-lo.

O cadáver foi levado à Divisão de Identificação. De início, supôs-se que uma mulher teria sido atacada, mas o que tinham ali era o cadáver de um homem. Soube-se em seguida que se tratava de um fuzileiro naval dos EUA, que estava indo se divertir em Roppongi.

Nem mesmo o instinto de detetive de Yamasaki conseguiu sugerir-lhe alguma coisa.

Seria possível que uma japonesa matasse um fuzileiro naval americano – com certeza, em autodefesa – ou no mínimo que fosse capaz de causar a morte daquele homem no confronto e de fugir em seguida? Mesmo que a mulher tivesse um alto grau de caratê ou aikidô, não seria capaz de resistir por mais de cinco minutos a um fuzileiro naval montado em cima dela tentando sufocá-la. Mas a mulher já havia desaparecido quando os dois homens e uma mulher, vindos de uma rua próxima, correram até o local de onde vinha aquele grito estridente. Tudo ocorrera em questão de dois ou três minutos. Um homem de 2 metros de altura estava ali, irremediavelmente morto. Na cena do crime, não havia sinal de facada, nenhuma bala, nem *nunchaku* ou corda. O homem nem sequer sangrava. Teria sido eletrocutado? Não, não podia ser. Fizeram uma investigação no local, e uma policial participou da reconstituição do crime; ela tentou se defender de um policial faixa-preta de quinto grau em judô, e concluíram ser impossível que conseguisse vencê-lo.

No local, encontraram a marca do corpo da mulher, que havia sido empurrada contra a terra, além de um único botão, possivelmente arrancado da frente de sua blusa enquanto ela lutava com o homem.

"Se pelo menos o corpo do homem estivesse sangrando devido a uma facada ou algo assim", pensou Yamasaki.

Ele ficou especulando diferentes cenários, preocupado que aquilo fosse se transformar num incidente diplomático, mas havia poucas evidências para resolver o mistério.

Naquela noite, Yamasaki sonhou que voava, que estava prestes a voar de um cruzamento de Hiroo até um ponto bem acima do parque. No sonho, conseguia ver a área escura e arborizada abaixo. "É isso mesmo", pensou.

O crime acontecera naquela clareira cercada por ameixeiras. Que tipo de mulher japonesa, imobilizada no chão por um fuzileiro naval, seria capaz de matá-lo instantaneamente sem deixar um único hematoma ou ferimento – sem romper seus órgãos internos – e fugir aparentemente com facilidade? Talvez ela fosse uma paranormal. Então, esse caso seria um desafio até mesmo para a polícia.

No entanto, pouco tempo depois um incidente semelhante ocorreu em Odaiba.

Um atleta que treinava corrida à beira-mar ia em direção ao monumento da bateria de canhões que ficava no parque Daiba. De maneira similar ao incidente anterior, o atleta foi encontrado deitado de costas e espumando pela boca. Como o fuzileiro naval, o cadáver do atleta estava simplesmente deitado ali, completamente ileso.

O suspeito provavelmente agiu sozinho, e obviamente não usara nenhuma arma. Nem veneno. E de algum jeito conseguiu derrubar aquele homem forte com um único golpe e então se afastou, despreocupadamente, em direção ao complexo de cinemas de Odaiba.

Constatou-se também que aquele atleta que treinava corrida tinha a uretra cheia de sêmen, o que sugeria que estivesse atacando sexualmente uma mulher.

Será que aqueles casos indicavam a existência de um assassino em série, ou seriam mera coincidência, acidentes isolados? Os dois eventos talvez tivessem sido obra de um criminoso disfarçado de mulher; isso não poderia ser descartado. Nos tempos modernos, nem sempre é possível determinar o gênero de uma pessoa com base apenas nas aparências. E, nesse caso, o culpado poderia ser um homem pervertido, que de algum modo lembraria a Morte, o Ceifador – que se vestiria de mulher para atrair o ataque de um agressor e em seguida acabar com ele. Se, por exemplo, Bruce Lee em seus dias de glória estivesse contemplando o oceano disfarçado de mulher e fosse atacado por trás por um atleta estúpido, teria dado cabo dele na mesma hora.

De qualquer modo, embora fosse razoável especular o "como", Yamasaki ainda não conseguia entender o "porquê". E quem sabe teria conseguido alguma pista para identificar e encontrar o culpado se, digamos, os seus pais tivessem sido assassinados ou se o seu suposto par romântico tivesse sido ferido, mas evidentemente não havia nada que indicasse isso. Seria obra de algum extraterrestre? Bobagem. Embora a época atual não exclua a possibilidade de alienígenas terem influenciado, Yamasaki sabia que esse não era um pensamento digno de um detetive respeitável como ele. Yamasaki, dono do QI mais alto da Primeira Divisão de Investigação Criminal, pôs seu cérebro para funcionar a toda velocidade.

2.

O quadro geral do caso era nebuloso, e Yamasaki ainda não tinha nenhuma convicção minimamente firme. A investigação do caso estava muito no começo para justificar uma reunião geral da Primeira Divisão de Investigação Criminal do Departamento de Polícia Metropolitana, então ele decidiu iniciar uma investigação secreta com apenas três membros, que incluíam Doman Yogiashi (27 anos), a detetive Yuri Okada (25 anos) e ele, Junichi Yamasaki (30 anos), como chefe da equipe. Doman Yogiashi, como o nome sugere, era um autoproclamado descendente de um *onmyoji*, isto é, um mestre do *yin-yang* dotado de poderes sobrenaturais, chamado Doman Ashiya, do período Heian. Yamasaki, no entanto, não tinha muita certeza se a alegação do rapaz era verdadeira.

Doman era um homem inteligente, formado pelo Departamento de Religião da Universidade de Quioto. Depois de se formar, aceitou uma oferta de emprego de uma empresa de tecnologia, que foi à falência dois anos mais tarde. Não teve escolha a não ser procurar outro trabalho, e quando estava atrás de um emprego que valorizasse sua faixa preta de terceiro grau em caratê, a força policial viu nele uma boa opção. Naquela época, estavam ocorrendo diversos incidentes causados por grupos religiosos perniciosos, e também muitos golpes relacionados à tecnologia da informação, então os superiores decidiram recrutar detetives que tivessem também um perfil específico.

Yuri Okada era uma moça bilíngue que passara seus anos de escola secundária em Nova York, para onde o pai, que trabalhava em um banco, havia sido transferido. Mais tarde, matriculou-se na Universidade de Estudos Estrangeiros de Tóquio, mas as aulas eram tão entediantes que ela decidiu mergulhar na leitura de novelas de mistério. A moça é o que se costuma chamar de *otaku*, por sua habilidade de conseguir, por exemplo, listar em três minutos cem diferentes maneiras de matar uma pessoa.

Os casos recentes haviam começado com a morte de um fuzileiro naval dos EUA; portanto, suspeitava-se que a "vítima", ou o criminoso, fosse alguém estrangeiro. Se o criminoso fosse um assassino profissional, aquele cérebro dela de *otaku*, familiarizado com mistérios, talvez pudesse ser útil. Yamasaki também mantinha como carta na manga a ideia de que a detetive Yuri poderia ser usada como isca se as circunstâncias exigissem. Até pensou em mandá-la tingir os cabelos de loiro se descobrissem que a mulher que foi atacada era estrangeira. Supunha-se também que a "vítima" feminina poderia ter um cúmplice masculino no crime; assim, enquanto ela atrairia o homem para estuprá-la, esse parceiro masculino o abordaria por trás e o atacaria, por exemplo, com uma agulha finíssima e afiada, como fazia um assassino profissional retratado num programa histórico muito popular na tevê japonesa. Nesse caso, a figura esbelta de Yuri poderia ser útil para fazer os homens pensarem que ela era estrangeira.

Falando em maneiras de matar alguém, Yamasaki assistira repetidas vezes a um DVD de um filme histórico, *A Lâmina da Morte: A Garra do Ogro*, para estudar diferentes métodos de assassinato. No filme, um especialista em espadas usa a arte secreta de *A Lâmina da Morte: A Garra do Ogro* para matar seu patrão corrupto num castelo. Assim que esse especialista em espadas passa por seu alvo no corredor, espeta-lhe o coração com uma pequena arma em forma de agulha, que trazia escondida na palma da mão. O patrão, vestido num *kamishimo* (traje cerimonial japonês tradicional), de repente desaba no chão sem uma única marca de ferimento de faca. O médico examina o cadáver, mas a conclusão é: "Provavelmente morreu de infarto". Assim, o método que o especialista em espadas usou para matar seu patrão sem derramamento visível de sangue e sem usar a espada continua sendo um mistério.

Yamasaki foi com Yuri Okada até seu restaurante favorito de *ramen* e, como naqueles testes de rapidez de raciocínio, perguntou-lhe: "Existe uma boa maneira de matar um chefe abominável ao passar por ele em um corredor sem ser descoberto?".

"Talvez com uma capa de invisibilidade?", disse Yuri. "Achando algum jeito de ficar invisível?", "Quem sabe convidando-o para um chá e fazendo-o tomar uma bebida envenenada que fizesse efeito uma hora mais tarde?", "Ou, então, se uma mulher provocasse o homem para que decidisse atacá-la, enquanto ela assumisse o papel de vítima poderia cobrir-lhe o nariz e a boca e sufocá-lo". "Humm... ou quem sabe outro jeito seria perfurar o peito dele com uma longa agulha, como faria um assassino profissional." E ela prosseguiu: "Além disso, você pode usar magia negra e amaldiçoá-lo para que morra. Doman é especialista nessa área". Como esperado, Yuri tinha um raciocínio muito rápido.

O próprio Junichi Yamasaki havia sido considerado um prodígio durante seus dias de ensino fundamental, e tudo correra bem com ele até entrar no ensino médio da escola de Komaba, filiada à Universidade de Tsukuba – conhecida por ser a escola japonesa que mais aprovava alunos para a Universidade de Tóquio. Mas quando Junichi entrou nessa escola, suas notas despencaram, e ele não conseguiu ingressar na Universidade de Tóquio, nem na Universidade Waseda nem na Universidade Keio. Depois de passar um ano estudando para o vestibular seguinte, foi aprovado na Universidade de Tsukuba. Embora a escola de ensino médio de Komaba fosse uma escola filiada, Yamasaki foi o único da sua turma que entrou na Universidade de Tsukuba.

Coisas como o sentimento de patriotismo, lealdade e compromisso com uma empresa ou uma escola estavam em baixa no Japão da época. Se ele tivesse entrado na Faculdade de Direito da Universidade de Tóquio vindo diretamente do ensino médio de Komaba, talvez tivesse realizado seu sonho de virar superintendente-geral ou comissário-geral da Agência Nacional de Polícia. Mas agora já se sentiria satisfeito com uma promoção a um cargo intermediário no serviço público. Afinal, Yamasaki foi reprovado no vestibular e teve de passar mais um ano estudando, porque havia escolhido dedicar-se com total empenho à prática do *kendô* durante o ensino médio. No último ano do ensino médio, Yamasaki achava que seus amigos se orgulhariam dele por ter chegado ao terceiro grau do *kendô*. Em vez disso, porém, eles comentaram: "Agora com certeza você vai repetir o ano. E ainda será reprovado na Escola Preparatória de Sundai e irá para uma faculdade de segunda categoria". Os amigos reuniram-se num bar de karaokê e ofereceram-lhe uma festa que chamaram de Festa do Fracasso Certo. E lá fizeram Yamasaki cantar uma música intitulada "Despedida aos 22 anos de idade", do grupo vocal Kaguya--hime; e não só uma vez, mas três.

As previsões de seus amigos acabaram se tornando realidade. Como único aluno a entrar na Universidade de Tsukuba, sentiu-se frustrado ao ver os amigos virando políticos e altos burocratas. "Ah, não importa, uma hora dessas vou prendê-los", pensou, e foi assim que decidiu entrar para a polícia e se tornar detetive. Foi a única maneira que encontrou de tirar proveito de sua condição de lutador de *kendô* de terceiro grau, que conseguiu ao abrir mão de fazer o cursinho preparatório. Mesmo assim, toda vez que ficava bêbado, dizia estar arrependido por não ter conseguido chegar a superintendente-geral.

Com frequência, seus chefes ou colegas se dirigiam a ele com sarcasmo dizendo: "Oh! Lá vai o superintendente-geral Yamasaki!". Mas Yamasaki sempre pensava: "Não me faça de tonto. O que tenho dentro da cabeça é do mesmo nível de um superintendente-geral".

Nesse exato momento, Doman Yogiashi entrou apressado no restaurante de *ramen*.

– Chefe, houve um terceiro homicídio.

– Onde? – perguntou Yamasaki.

– No parque Yoyogi.

– E a vítima?

– Ele foi encontrado morto, deitado de costas, espumando pela boca, com os olhos revirados, segurando uma tira arrancada de um sutiã.

Yuri Okada interveio. – Então, o sutiã finalmente apareceu. Agora podemos pensar nessas mortes como crimes de um assassino em série com motivação sexual, certo?

O chefe Yamasaki engoliu em seco. – Certo. Vamos.

Claro, os três se dirigiram para o local do crime: o parque Yoyogi.

3.

Agora, mais algumas informações sobre Yuri Okada. Só inteligência não basta para uma pessoa se tornar um policial. Desde seus dias de escola secundária, em Nova York, Yuri aprendeu caratê *kyokushin* por mais de dez anos. Ela cresceu ouvindo o pai contar histórias lendárias sobre seu fundador, Masutatsu Oyama. Yuri frequentou o *dojô* de um dos principais discípulos de Oyama, e lá também ouviu boas histórias.

O caratê *kyokushin* é uma modalidade na qual, ao contrário do que ocorre no caratê tradicional – que evita golpes diretos –, o contato pleno é permitido. Assim, praticá-lo geralmente provoca muitas lesões, mas dizem também que seus praticantes são muito mais fortes que os que praticam caratê tradicional ou judô.

Conta-se que o lendário mestre Masutatsu Oyama cortava o gargalo de uma garrafa de cerveja com seu golpe de caratê e que dobrava uma moeda de 10 ienes apenas com o polegar e o dedo indicador. Diz-se também que essa lendária figura teria derrotado vários lutadores gigantes dos Estados Unidos, e que certa vez derrubou um búfalo no chão agarrando-o pelos chifres.

Um dia, para testar o quanto o caratê *kyokushin* era de fato poderoso, Willie Williams, um lutador negro faixa-preta de terceiro grau, decidiu enfrentar um urso devorador de gente.

Williams contava com uma leve vantagem, pois o urso estava amordaçado e cercado por vários membros da Associação de Caçadores, que portavam armas com dardos de tranquilizantes. Mas, quando o urso ficou em pé, viram que o animal tinha quase 3 metros de altura e pesava várias centenas de quilos; portanto, havia o risco de Williams morrer se recebesse uma patada cruzada ou se o urso o atacasse de cabeça.

O resultado foi impressionante. O faixa-preta de terceiro grau de caratê *kyokushin* matou o urso devorador de gente com um chute. Yuri ouviu essa história e decidiu começar a praticar o caratê *kyokushin*.

O Estigma Oculto 1 <O Mistério>

Há várias situações em Nova York que colocam sua vida em risco, por isso um esporte convencional não é suficiente como autodefesa. Yuri era faixa-preta de segundo grau em caratê *kyokushin*. Se surgisse uma oportunidade, ela bem que gostaria de lutar contra Doman Yogiashi, faixa-preta de terceiro grau de caratê, e deixá-lo no chão inconsciente. Se um fuzileiro naval americano a atacasse, ela estava confiante de que poderia nocauteá-lo em menos de cinco minutos. E se o culpado fosse uma mulher hábil em artes marciais, que seduzisse homens fortes apenas para acabar com eles em homicídios de rua disfarçados de "autodefesa", Yuri queria competir com ela para ver quem era mais forte.

No entanto, o chefe Junichi Yamasaki tinha uma linha de pensamento um pouco diferente. Não conseguia afastar a ideia da intervenção ou do envolvimento de algum tipo de força sobrenatural.

Uma vez, ele ouvira a história de uma monja peculiar, contada por um colega seu de Nagoya. Vários anos antes, na ordem religiosa da grande Igreja Nunoike, na parte leste de Nagoya, ingressara uma jovem que havia perdido toda a memória. Yamasaki soube que a jovem chegara àquela igreja numa noite de tempestade, em meio aos estrondos de trovões. No início, ela trabalhara numa pequena livraria que vendia publicações da Ordem de São Paulo, e assava biscoitos com outras jovens monjas para vendê-los durante a missa de domingo. O tempo foi passando até que ela, sem que se soubesse ainda sua real identidade, ordenou-se como freira. Todos a chamavam de Agnes. Era uma mulher de 24 a 25 anos, de olhos grandes e arredondados.

Certa ocasião, houve um terremoto terrível em Nagoya, que abriu uma grande rachadura na estátua de Jesus na cruz da igreja. Diz-se que, quando Agnes se ajoelhou e rezou: "Jesus, por favor, ressuscite se esse for o seu desejo", a estátua que havia sido rachada pelo terremoto ficou de novo perfeitamente alinhada, e a cruz recuperou a forma original.

Outra história dizia que certa vez Agnes viu uma criança de 4 anos de idade afogando-se no rio e caminhou sobre a superfície da água para salvá-la, diante dos olhos da mãe da criança, que estava ali aos prantos. Um vídeo mostrando Agnes praticamente patinando sobre a superfície da água ao pôr do sol viralizou, embora não fosse possível ver direito seu rosto, pois o vídeo fora gravado por trás dela.

Houve ainda outro incidente que surpreendeu a Igreja. Um dia, Agnes perguntou a um homem de 90 anos em cadeira de rodas: "Acredita no Senhor?", e mergulhou-o numa fonte. Na mesma hora, ele dispensou sua cadeira de rodas e começou a andar normalmente. Houve inúmeros episódios como esses, e antes que ela percebesse, todos começaram a chamá-la de "Santa Agnes".

Mas não há campo de atuação que seja imune à inveja. O arcebispo de Tóquio começou a alimentar a ideia de que os milagres dela poderiam ser obra do diabo, e ordenou que Agnes viesse a Tóquio. E, desde então, ela não foi mais vista. A igreja de Nagoya solicitou que a polícia fizesse buscas, considerando-a uma pessoa desaparecida. Confirmou-se que ela chegara a embarcar num trem-bala para Tóquio. O colega de Yamasaki levantou a hipótese de que Agnes já teria se livrado de seu hábito cinza de freira e estaria agora escondida em algum lugar de Tóquio. Por isso, disse a Yamasaki: "Você precisa me avisar se ocorrer algum caso surreal".

Não foi possível conectar imediatamente os pontos entre Nagoya e Tóquio para criar uma linha de raciocínio que fizesse sentido, mas no fundo de sua mente Yamasaki não conseguia parar de pensar na freira dos milagres. A força policial, no entanto, não seria capaz de dar crédito ou de legitimar essa hipótese, já que não havia evidências físicas, testemunhas ou alguma confissão.

Uma rajada de vento soprou na avenida perto do portal Sakurada-mon. Antes que ele tivesse notado, o outono havia chegado.

4.

– Chefe! – uma voz chamou Junichi Yamasaki. Quando se virou, ele viu Yuri Okada, surpreendentemente vestida toda de cor-de-rosa. Yamasaki tinha quase 1,80 metro de altura, e Yuri, com seus sapatos de salto plataforma, alcançara a altura adequada para parecer uma estrangeira.

– Sim, eu pedi que você se vestisse de um jeito que nós dois parecêssemos um casal, mas toda de rosa? Com um lenço amarelo no pescoço? Isso é absurdo, Yuri. Você é jovem, tem só 25 anos, mas seu cargo ainda é de *detetive*. Vai me dizer que pretende caçar o suspeito usando esses seus sapatos de salto plataforma? – perguntou Yamasaki.

– Oh, não, Yamasaki! É você que vai caçar o culpado – disse Yuri. – Eu só me disfarcei para parecer sua namorada. Se for preciso, o caratê *kyokushin* transforma esses meus pés descalços numa arma mortal. Eu não posso matar um urso devorador de gente, mas se der uma voadora bem em cima do seu coração, posso simplesmente matá-lo. Além disso, não acha que essa minha roupa cria a aparência e os feromônios certos para que um homem fique com vontade de me atacar? Os caras que morreram nesses casos recentes são todos bem fortes.

– Hoje, como sempre, estamos no meio de uma investigação, a única diferença é que estamos disfarçados, certo? Acho que vou ficar perambulando por aí sem rumo, e, se encontrar um criminoso, talvez ele caia nessa armadilha, como se fosse capturado por uma isca viva.

– Bem, faça como quiser. De qualquer maneira, por que ainda estamos aqui no Bairro Chinês de Yokohama em vez de estarmos num parque?

– Dê uma olhada naquilo. Está vendo? Bem ali. É onde fica um famoso adivinho que aparece sempre na tevê. Vamos ver se ele tem algo a dizer sobre o nosso culpado.

Assim, os dois caminharam até a loja do mais antigo adivinho da cidade.

– Ei, pode dizer se vou me casar com esse cara aqui? – perguntou Yuri ao adivinho, apontando para Yamasaki.

– Por favor, moça, escreva seu nome, data de nascimento e ocupação – respondeu ele.

Yuri deu um nome falso, "Sayuri Yamashita, 26 anos". E escreveu "bailarina" como profissão.

O velho, que parecia um sapo magro de óculos e barba, olhou bem nos olhos de Yuri.

– Você não sabe mentir muito bem, não é? Vejamos... Temos aqui uma policial – disse o adivinho.

– Hã, você descobriu! Mas me diga se daria certo eu me casar com esse homem aqui.

– Este homem é o seu chefe e ele está colocando sua vida em risco para procurar um criminoso. O momento não é adequado para você se casar com ele.

Não era fácil enganar aquele homem, que já adivinhou várias coisas logo de início.

— Vou conseguir descobrir o culpado? O culpado é uma mulher ou um homem, ou são duas pessoas trabalhando juntas? Você tem alguma inspiração que possamos usar como pista? — Yamasaki perguntou ao homem.

— Posso lhe dar uma pista se você me pagar mais 5 mil ienes — disse o velho.

— Meu salário é baixo... E duvido que isso seja reembolsado como despesa de trabalho — Yamasaki murmurou baixinho, enquanto tirava 5 mil ienes da carteira.

O velho limpou a garganta e começou a manipular as varetas de bambu para fazer a adivinhação.

— Humm. O culpado não é uma pessoa normal. É alguém que está além do gênero, e não pode ser classificado como homem ou mulher. Ah, e tem mais: minha clarividência agora ficou totalmente bloqueada. Se você tentar capturar o culpado, pode acabar sendo morto.

— Mas eu ando sempre armado e posso prender

o culpado se ele tentar resistir a um policial – disse Yamasaki.

– Não vai adiantar. Seu funeral está previsto para o ano que vem. E quanto a você, falsa bailarina, posso vê-la indo ao funeral e despedindo-se dele em um terno preto.

O velho encerrou a conversa ali, pois não queria se envolver em crimes e investigações. No entanto, fez uma advertência: – A pessoa que estão procurando não é alguém que vocês precisam derrotar. Juntem-se a essa pessoa na tristeza. Outras dicas só poderão ser dadas por uma existência além da humana.

– O que você quer dizer com "uma existência além da humana"? – perguntou Yamasaki.

– Vão até uma grande livraria e procurem na seção de espiritualidade – disse o velho.

Os dois, Yamasaki e Yuri, foram dispensados pelo adivinho. E não encontraram nenhuma pista adicional depois de perambularem por um parque em Yokohama.

Yuri sugeriu que fossem até a livraria Yurindo. Enquanto procuravam na seção de religião, viram que metade das prateleiras estava ocupada por livros escritos por um homem chamado Ryuho Okawa.

– Esse autor formou-se em Direito pela Universidade de Tóquio. É alguns anos mais velho que o superintendente-geral Yamagishi, que também se formou ali. Vamos ver se conseguimos informações a respeito dele com o diretor Nakayama, da Primeira Divisão de Investigação Criminal.

* * *

Uma semana mais tarde, o superintendente-geral Rintaro Yamagishi encontrou-se em segredo com um homem que parecia um pouco mais jovem que ele e tinha uma aparência de artista, numa sala privada no Hotel New Otani.

– Senhor Okawa, agradeço-lhe muito por ter me treinado anos atrás na Sala de Artes Marciais Shichitokudo, no campus Hongo. E sinto-me constrangido em ver agora que alguém como eu ocupa a presidência da Federação Japonesa de Kendô – disse Yamagishi.

– Lembro que seu estilo de *kendô* era direto e ortodoxo – disse Okawa. – Mas notei seu hábito de piscar os olhos pouco antes de se posicionar para atacar. Provavelmente você tentava impedir seu oponente de ler sua mente, mas logo descobri no que você estava pensando quando reparei nos dedões dos seus pés e na ponta de sua espada de bambu.

– Tentei aplicar um *men-uchi*, mas, quando me dei conta, o senhor estava atrás de mim.

– Você perdeu com muita facilidade – concluiu Okawa. – E como foi o primeiro, não conseguimos nos classificar para as semifinais de Kanto, embora eu tivesse tentado. De qualquer modo, a equipe da Universidade Kokushikan era muito forte.

Naquele instante, a porta corrediça se abriu e entrou uma garçonete com uma panela quente de *sukiyaki*.

Os dois homens, Yamagishi e Okawa, permaneceram em silêncio por alguns instantes. Quando a garçonete saiu da sala, Yamagishi abriu a boca para falar de novo.

– Senhor Okawa, gostaria de afunilar o perfil do criminoso desse caso de assassinatos em série.

– Você tem fé? – Okawa perguntou a Yamagishi.

– Esta é a chave. Você não chegará ao culpado se não tiver fé.

Então, eles prosseguiram relembrando seus dias de universidade, e saíram separadamente do hotel. Já era meados de outono.

5.

Existem apenas dois tipos de pessoas no mundo: as que acreditam que têm uma alma residindo em seu corpo e aquelas que "acreditam" que elas são o seu corpo físico, e que aquilo que se convencionou chamar de "alma" ou "mente" é apenas o funcionamento do seu cérebro e do sistema nervoso.

Esses pensamentos ocupavam a mente de Santa Agnes enquanto admirava o canteiro de beijos-de-moça no parque, sentada num banco.

Embora tivesse deixado de lado seu hábito de freira, não conseguira ficar com a aparência de uma funcionária de escritório com sua jaqueta jeans e saia.

Tempos atrás, ela assistira pela tevê a uma cena do Hibiya Toshikoshi mura (Aldeia de Ano-Novo dos Trabalhadores Desempregados), um lugar aonde as pessoas iam dormir ao relento e recebiam doações de comida durante a recessão. Achou que talvez uma pessoa bondosa a ajudasse se a visse dormindo ao relento no parque Hibiya. Ou será que um guarda a deteria como fugitiva? Pensou: "Já estou acostumada a viver com pouco, mas não quero me encontrar com Sua Excelência, o arcebispo de Tóquio, e vê-lo decidir se estou possuída pelo demônio ou não". Sentia-se muito indecisa.

Então, Santa Agnes decidiu trabalhar numa floricultura chamada Hibiya Kaman, ganhando 900 ienes por hora. Como ela sofria de amnésia e não conseguia se lembrar do seu passado, explicou ao dono da floricultura que havia estudado enfermagem no Colégio de Moças Kinjo Gakuin, na Prefeitura de Aichi. Inventou toda uma história, alegando que o pai havia morrido e que a mãe se casara de novo, e que por isso estava procurando trabalho em Tóquio. Decidiu que seu nome provisório seria Suzu Nomura. Bem, para trabalhar numa floricultura, nem seu nome nem sua experiência anterior tinham alguma importância.

– Suzu, querida, gosto do jeito como você corta as flores – disse Tae Endo, a gerente da loja. – Quando você as coloca na bacia de água, acho sua postura muito bonita, refinada, como se estivesse rezando. Você com certeza vem de uma família muito boa, não? Imagino que tenha saído de casa porque seu pai queria obrigá-la a aceitar um casamento arranjado – Tae parecia ser uma pessoa de bom coração.

E num dia desses, houve um incidente: alguém furtou uma bolsa no parque. Uma funcionária de escritório estava caminhando durante a hora do almoço, quando um homem de roupas escuras de repente arrancou-lhe a bolsa.

Santa Agnes – ou melhor, Suzu Nomura – viu a cena, pegou um pedaço de madeira e atirou-o nele. Não chegou a acertá-lo, mas por alguma razão o homem tombou. A funcionária correu até lá, e os executivos que passavam por ali mantiveram o homem imobilizado no chão.

– Deus está vendo, sabia? – Suzu murmurou baixinho.

Suzu acreditava firmemente que as pessoas que

fazem coisas erradas neste mundo merecem ser punidas. Acreditava que era por essa razão que existem almas eternas, assim como o Céu e o Inferno.

"Mesmo assim, será que Deus algum dia irá me dizer por que fui envolvida num incidente e perdi a memória em razão do choque?", pensou Suzu.

Pensava também: "Tempos atrás, em Nagoya, por que será que fui capaz de restaurar a estátua de Jesus da cruz que rachou no terremoto – teria sido pelo poder da oração?".

"E quando ouvi o choro desesperado de uma mãe e entrei no rio para salvar uma criança que se afogava, como foi que consegui andar sobre a superfície da água?"

"E por que o velho cadeirante de repente voltou a andar quando lhe perguntei: 'Acredita no Senhor?' e o mergulhei na fonte?"

"Eu acho que agi corretamente, e simplesmente acreditei em Deus. Então, por que as pessoas chamam isso de poder do demônio?". Ela suspirou para si mesma. É realmente difícil entender as pessoas.

O Estigma Oculto 1 <O Mistério>

Enquanto Suzu Nomura estava às voltas com tais pensamentos, dois homens a observavam.

Um deles, sentado na guia da calçada em volta da fonte, era o detetive Doman Yogiashi. Ele certamente viu Suzu atirar aquele pedaço de madeira no ladrão da bolsa. Não acertou o ladrão, mas o homem caiu como se um tronco de árvore tivesse sido colocado diante de suas pernas. O infrator foi logo imobilizado por alguns homens que estavam passando por ali, que pareciam ser funcionários públicos. – Quem sabe... – Yogiashi começou a pensar.

Outro homem observava Suzu Nomura de um ângulo diferente. Era um homem alto, de óculos escuros, e parecia saído diretamente do filme *Homens de Preto*. Ele sorriu.

– Finalmente, encontrei você – sussurrou para si mesmo e pegou o celular para fazer uma ligação.

Era Mitsuo Maejima, membro de uma organização secreta chamada Men In Black Japan ou MIBJ (Homens de Preto do Japão), que pertencia ao Ministério da Defesa. Ele também estava procurando Santa Agnes, que desaparecera depois de chegar a Tóquio, vindo da Igreja Nunoike de Nagoya. É claro, não pretendia prendê-la. Estava numa missão especial do diretor-geral Hideki Takahashi, da MIBJ, para capturá-la antes que fosse detida pela polícia. Alguém com aqueles raros poderes sobrenaturais poderia ser útil para fins militares ou para descobrir espiões para o Ministério da Defesa do Japão. Os Estados Unidos, a China e a Rússia, todos empregam médiuns para localizar e prender terroristas. Parecia que a HPJ queria compensar o atraso do Japão nesse tipo de providência.

Enquanto isso, Doman Yogiashi recebera ordens sigilosas do superintendente-geral para descobrir o mistério daquele caso de assassinatos em série e encontrar Santa Agnes, a fim de aumentar o prestígio da polícia com essa operação.

Teve início, então, uma disputa secreta entre o Ministério da Defesa e o Departamento de Polícia Metropolitana.

6.

Caía uma chuva de primavera no dia em que Santa Agnes chegou à estação de Tóquio alguns meses antes. Infelizmente, ela não tinha guarda-chuva. Trazia apenas 70 mil ienes, por isso, se fosse hospedar-se num hotel de negócios, daria para ficar apenas uns sete ou dez dias ali, incluindo as despesas com alimentação.

Agnes se lembrava vagamente de ter estado em Tóquio numa excursão escolar havia muito tempo. Mas não tinha mais nenhuma recordação de seus pais, nem da sua escola, nem mesmo de seus amigos.

Numa noite de tempestade, encharcada pela chuva e chorando, subira correndo uma ladeira, arrancando os cabelos de desespero, num estado aparentemente maníaco.

Escorria sangue de suas coxas até os tornozelos. Seu uniforme escolar estava rasgado, com algumas partes arrancadas. Vestia apenas uma camisa. Estava até sem calcinha, e ao que parece fora emboscada por quatro estudantes do sexo masculino, arrastada até uma garagem e estuprada. Era triste uma mulher perder a virgindade num crime como aquele. Estava tomada por uma confusa combinação de raiva e vergonha.

Cada vez que soava um trovão no céu noturno, ela chorava e gritava. – Deus, por favor, mate aqueles quatro malditos –. No instante em que percebeu o que estava dizendo, um raio atingiu uma velha cerejeira ali perto. Então, ouviu-se o estrondo de um trovão e ela perdeu os sentidos.

Antes que pudesse entender o que estava acontecendo, foi levada para uma igreja, onde as freiras oraram e cuidaram dela. Elas disseram que já haviam se passado três dias. Ela perdera a memória. Estava num estado de choque tão profundo que não conseguia lembrar quem era. Apenas uma coisa era certa: fora salva pela igreja ao invocar o nome de Deus.

– Fique aqui e descanse um pouco até você recuperar a memória ou sua família vir buscá-la – disse a madre superiora, uma mulher de uns 60 anos, que sorria para ela amavelmente à luz da manhã.

Após um tempo, Agnes se sentiu melhor e começou a ajudar a igreja, cuidando um pouco da faxina e assando biscoitos. Às vezes, dava um pulo no bazar da igreja e olhava em volta, para ver se alguém a reconhecia. Mas não houve uma única pessoa que reconhecesse seu rosto. Os rapazes que a haviam atacado ao que parece eram criminosos reincidentes; não deixaram nenhum vestígio para trás e tampouco foram pegos pela polícia.

Ela se lembrava vagamente de algumas vozes.

A: – Essa menina ainda é virgem, não é?

B: – Coitadinha. Está no colegial e ainda não experimentou um homem. Vá logo.

C: – Eu vou primeiro hoje porque fiz bem em atraí-la.

D: – Ei, somos quatro, então é no máximo três minutos cada um, hein?

Eles arrancaram as roupas dela e não a soltaram, por mais que ela gritasse: – Pare, está me machucando.

Não havia prazer. Para Agnes, os meninos pareciam demônios.

A: – Não vamos matar você.

B: – Pare de gritar.

C: – Isso é o que todos os homens e mulheres fazem quando se apaixonam.

D: – Ela tem um rostinho bonito, mas olha esse machucado no peito. Que nojo. Jamais namoraria essa aí.

Palavras rudes e irresponsáveis eram ditas o tempo todo.

"Ninguém me ajudou. Por que Deus permite que esses marginais continuem vivos? Se pelo menos eu tivesse um namorado, e ele me protegesse..." Agnes tinha todo tipo de pensamento agarrado a cada fio de seu cabelo.

Mas tudo isso era passado. "Vou limpar meu espírito na igreja e viver uma nova vida", pensou.

Agnes cortou todas as interações com o mundo secular e dedicou sua vida a ler a Bíblia e oferecer suas orações ao crucifixo.

As quatro estações se sucederam algumas vezes, e seu rosto não mostrava mais nenhum sinal de ódio.

Quando rezava para a estátua de Maria, a estátua parecia verter lágrimas de sangue. Talvez fosse coincidência, mas ela sentia que a estátua chorava por ela. Milagres e mais milagres, como aqueles descritos na Bíblia, começaram a acontecer ao seu redor.

Alguns davam valor a esses milagres, mas outros diziam que era errado uma mulher estuprada por um bando, encontrada caída no chão num dia de chuva e vestindo apenas uma camisa, tornar-se uma santa. Um relatório foi enviado a Tóquio, e o arcebispo disse que queria descobrir por si.

"Como é possível alguém como eu sobreviver em Tóquio?", pensava Agnes, enquanto andava na chuva. Naquele momento, uma mulher glamorosa ofereceu-lhe um guarda-chuva.

– Por que você não vem à minha casa hoje? Fica pertinho, em Gotanda.

Talvez ela tivesse 27 ou 28 anos. Tinha uma voz hospitaleira e a convidara gentilmente à casa dela.

"Bem, vou segui-la e ver o que acontece", pensou Agnes.

Decidiu deixar o resto por conta dos céus. A roda do seu destino começou a girar lentamente. A mulher de Gotanda deixou Agnes ficar em seu apartamento e preparou-lhe um macarrão instantâneo.

Para Agnes, aquele vapor branco pareceu uma vaga esperança.

7.

Aquela mulher de Gotanda certamente era uma pessoa bondosa, mas de uma franqueza um pouco rude – tinha um ar de irmã mais velha. O apartamento, construído havia vinte anos, parecia um pouco desgastado, mas os quartos eram bastante limpos e arrumados.

O apartamento tinha dois quartos: um de 10 metros quadrados com uma pequena cozinha, e outro de 13 metros quadrados, que podia ser tanto um dormitório como uma pequena sala de estar. Mal havia espaço suficiente para as duas mulheres ali.

Agnes perguntou à mulher como ela queria ser chamada.

– Pode me chamar de Set-chan. Sou conhecida como Setsuko Intrometida. E você é Agnes, não é? Tenho certeza de que nós duas vivemos circunstâncias especiais.

– O que é que eu tenho de fazer aqui? – Agnes perguntou.

– Não precisa pagar aluguel – disse Setsuko. – Seria ótimo se de vez em quando fizesse uma faxina. Às vezes eu volto para casa bem tarde, então, você também poderia preparar um jantar pra mim, certo? Se eu ficar só comendo macarrão instantâneo, vou acabar doente. Vou deixar minha carteira em cima da tevê, então compre o que precisar. Mas só tem uns 300 mil ienes ali.

O emprego de Setsuko era como supervisora de uma casa noturna, uma espécie de cabaré, onde as mulheres atendiam os clientes homens que iam lá beber e bater papo com elas. Ficava nos arredores de Gotanda e tinha outros funcionários, como o gerente e o *barman*.

– Ah, ia esquecendo de dizer. Parece que tenho câncer de pulmão, eu fumo demais. Se eu bater as botas, faça-me um favor: mande meu corpo para o crematório público, está bem? E espalhe minhas cinzas na baía de Tóquio. Você é freira, não é? Deve ter fugido de alguma igreja. Ou, então, atendia fregueses disfarçada de freira num desses cafés da moda no estilo Akihabara.

– Não sei nada sobre esses cafés no estilo Akihabara. Mas é verdade, fugi de uma igreja.

Agnes explicou brevemente que talvez tivesse sido estuprada por alguns rapazes, tinha desmaiado quando um raio caiu perto dela e fora cuidada pelas freiras de uma igreja de Nagoya, até ser convocada pelo arcebispo de Tóquio e se tornar uma espécie de ovelha desgarrada na cidade. Por uma questão de cautela adicional, não fez nenhuma menção aos milagres.

– Bem, se você é freira, não sei se vou poder usá-la no nosso cabaré – disse Setsuko. – Mas admiro mulheres que têm um passado. Me diga o que acha: posso lhe emprestar algumas roupas para que você trabalhe meio período ali, umas três horas, no começo da noite, algo assim. Experimente. Se eu morrer, talvez eles lhe deem trabalho em período integral.

– Você não pode morrer, Setsuko... Não vou deixar que morra. Deus salvou minha vida, então tenho certeza de que Ele salvará a sua. Você foi muito boa para mim.

– Olhe, eu não sou cristã, viu? Mas cultuo a divindade da raposa, Inari, que traz prosperidade aos negócios. Às vezes, preparo e sirvo Inari-sushi no bar – disse Setsuko.

Depois de tirar um dia para descansar, Agnes foi visitar o cabaré onde Setsuko trabalhava, chamado Tachibana. Ainda não havia clientes àquela hora. As únicas pessoas ali eram o gerente, que tinha um bigodinho, um *barman* e mais dois homens que ficavam do lado de fora, puxando conversa para atrair potenciais clientes.

– Set-chan, essa garota é muito boa – disse o gerente. – Que tal se anunciarmos que ela é uma garota rica da Universidade Feminina Ferris, que vem escondida para trabalhar meio período aqui? O que acha?

– Ela é linda quando sorri. Mas não sorri muito.

Talvez fosse melhor oferecê-la como uma beleza serena e uma companhia abstêmia – Setsuko acrescentou.

– Então, o nome profissional dela será Natalie – o gerente concluiu.

Bem naquela hora, a campainha da porta soou e um rapaz com aparência de vendedor entrou no bar, junto com outro, que parecia um ex-boxeador.

Set-chan levou os clientes até um sofá vermelho em formato de U. Ao ouvir o gerente dizer "Comece com uma garrafa de cerveja", Natalie, que acabara de virar garçonete da noite para o dia, levou cerveja aos clientes, atravessando o cabaré mal iluminado. Agnes, ou Natalie, colocou a cerveja e as canecas na mesa. Já ia voltando, quando o gerente enviou-lhe sinais com os olhos e indicou com um gesto que ela fizesse um "sanduíche" com os dois clientes, com Set-chan sentada numa ponta e ela na outra. Ficou sem saber o que fazer, mas sentou-se e pôs cerveja no copo dos clientes. Quando procurou Set-chan com o olhar, viu que ela encostara no homem com aspecto de vendedor. E que procurava não deixar espaço entre a sua coxa e a dele.

Passaram-se uns cinco minutos. A campainha tocou de novo, e dois homens de óculos escuros entraram. Eram os funcionários que estavam ali na entrada convidando potenciais clientes a entrar. Cada um sentou nos lugares vagos, ao lado de Setsuko e Natalie, impedindo que os dois clientes saíssem do sofá em U.

Os dois clientes ficaram assustados e disseram: – Que tipo de bar é esse? Um conhecido meu me contou que descobriu um lugar que cobrava 100 mil ienes por uma garrafa de cerveja.

Nesse momento, o gerente fez um sinal para que fossem acesas as luzes do local. De repente, o *barman* assumiu uma expressão assustadora e pediu que os clientes lessem um cartaz acima da entrada.

"Nossa garrafa de cerveja custa 100 mil ienes porque temos recepcionistas aqui", dizia o cartaz. Agnes, também conhecida como Natalie, não tinha a menor ideia de como era um cabaré de má fama como aquele, do tipo que aplica golpes nos clientes.

O vendedor era um jovem que gostava de jogar basquete, com 1,86 metro de altura – enorme para os padrões japoneses. O autoproclamado ex-boxeador profissional afirmava ser campeão dos pesos-leves.

– Ei, peraí, 100 mil por uma garrafa de cerveja, e 200 mil pelas duas? Isso é um roubo.

– Mas estamos oferecendo também as garotas. Não é só a cerveja – ameaçaram os dois funcionários, que de repente pareciam membros da Yakuza.

O ex-campeão dos pesos-leves levantou, pulou por cima da mesa e acertou um gancho de direita num dos empregados. Os lábios do homem ficaram feridos e uma gota de sangue escorreu.

O gerente gritou: – Pegue aí! – e passou para o *barman* uma catana, uma espada de samurai. Este desembainhou a espada, empunhando a lâmina brilhante.

– Estou pensando comigo o que será mais forte:

o seu punho ou a minha catana? – disse o *barman*.

O vendedor refletiu melhor sobre a situação e tentou acalmar o ex-boxeador. Os dois deixaram 200 mil ienes em cima da mesa e saíram às pressas do cabaré.

– Natalie, você ainda acha que consegue trabalhar aqui? – perguntou Setsuko.

– Eu... eu... não sei o que está acontecendo... – disse Agnes.

Agnes de repente sentiu que talvez não fosse morar muito tempo com Setsuko.

8.

É verdade que ela ficou abalada com a sequência de eventos daquele bar violento que tirava vantagem dos clientes. "Aquele estabelecimento provavelmente se enquadraria nos critérios de um ou talvez de vários crimes", pensou.

Agnes, no entanto, não teve coragem de sair imediatamente do apartamento de Setsuko.

– Aquilo não foi nada – disse Setsuko. – A gente só estava tentando arrumar um jeito de pagar nossas contas, e temos bastante competência em tirar dinheiro de homens safados. Eles sempre ficam ansiosos para botar a mão nos meus seios ou na minha bunda. A ideia é essa, esquivar-se de seus gestos sexuais sujos e arrancar deles uma grana.

– Mas a polícia não vem? – Agnes perguntou.

– A polícia está preocupada com crimes sexuais mais graves, então a única coisa é que de vez em quando aparece algum policial de folga no Bar Tachibana querendo apalpar meus seios – respondeu Setsuko.

– Humm. Eu também abomino crimes sexuais cometidos por homens, mas não sei como fazer para puni-los.

– Já que você não gostou de ver a gente administrando um cabaré violento, talvez pudéssemos fazer uma mudança rápida e virar um bar de adivinhação. Você tem sexto sentido, não tem?

Setsuko acertara em cheio. Agnes tinha certeza de possuir algum tipo de habilidade mediúnica, alguma espécie de poder sobrenatural. Mas só que ele se manifestava de modo repentino, e ela não tinha certeza se poderia controlar seus poderes de maneira consciente. "Será que eu conseguiria fazer uma avaliação correta das preocupações dos meus clientes e resolvê-las?", pensava Agnes.

Set-chan falou com o gerente e decidiram suspender por uma semana as atividades do "cabaré violento" e experimentar abrir um bar de adivinhação. Agnes juntou coragem e decidiu aproveitar a oportunidade de prever o futuro, mesmo porque os rapazes do bar se ofereceram para cuidar de qualquer cliente que pudesse se tornar inconveniente ou violento.

Setsuko trouxera de algum lugar uma roupa de aparência mística para Agnes. Ela montou toda uma encenação e anunciou Agnes como "Madame Natalie, ex-freira, e grande vidente".

Dois dias depois, Natalie estava aguardando sentada numa cadeira especial dentro do reformado e recém-inaugurado "Bar de Adivinhação Tachibana".

A campainha soou e dois homens entraram. Um deles era um negro enorme, fuzileiro naval americano, e o outro, um intérprete japonês.

O intérprete perguntou ao gerente: – Este é um bar de adivinhação, certo?

– Exato. E estrangeiros também são bem-vindos. Podemos ler sua sorte – disse o gerente.

– E quanto cobram? – perguntou o intérprete.

– Você toma uma bebida, come uns petiscos e nós cobramos 100 mil ienes por uma adivinhação simples. Uma adivinhação especial exige também uma gorjeta – respondeu o gerente.

– Então, quero que leia a minha sorte. Tipo, será que vou morrer na guerra? Ou será que um dia vou conseguir formar minha própria família? – perguntou Nichol, o fuzileiro.

– Ei, dona, esse homem é militar e trabalha no combate aos mísseis da Coreia do Norte. Você poderia atendê-lo? – disse o intérprete.

O fuzileiro naval, que media uns 2 metros de altura, e Yasuzawa, o intérprete, sentaram-se diante de Natalie – vidente da noite para o dia.

Natalie juntou as mãos em oração e rezou a Deus por uns instantes.

Nichol perguntou: – Será que vou morrer de um ataque de mísseis lançado contra a nossa base?

– Você não vai morrer de um ataque de mísseis – disse Natalie.

— Ah, que sorte!

— Mas algo vai acontecer que fará seus pais chorarem, em algum momento deste ano.

— Que tipo de coisa? Um acidente de trânsito?

— Não, não é isso. Você estuprou duas garotas japonesas quando estava na base militar americana de Okinawa. Nas duas oportunidades você conseguiu fugir e voltar à base sem ser preso pela polícia japonesa.

Yasuzawa perguntou: — Este homem está agora na base de Yokota. Mas como você sabia que antes ele estava em Okinawa?

— É por causa do *ikiryo*, isto é, o espírito obsessor de uma pessoa viva. Ele está possuído pelos dois *ikiryos* das jovens — disse Natalie.

— Ei, Nichol. É verdade o que esta vidente está dizendo? — perguntou Yasuzawa.

Nichol não respondeu.

— Não há provas. E você está certa, fiquei mesmo um tempo em Okinawa, mas a única coisa que fiz por lá foi me divertir um pouco num bordel. Só isso – disse Nichol.

– Não. Você estuprou duas estudantes. E certamente será punido por Deus. Ou melhor, será castigado. – disse Natalie.

Setsuko interrompeu.

– Madame Natalie, vamos parar por aqui.

– Ah, é? Certo, então isso é tudo o que tenho a lhe dizer. Afinal, não trabalho para o Departamento de Polícia de Okinawa – disse Natalie.

Nessa hora, o *barman* interveio para acalmar a situação. – Tome uma cerveja, pague 100 mil ienes e vá embora.

– Que droga! 100 mil ienes por essa porcaria de adivinhação. Isso é um roubo! – disse Nichol.

– Mas você estuprou duas estudantes que estavam protestando contra a transferência da base militar dos EUA para Henoko – argumentou Natalie. – E quase estrangulou uma das meninas. Pegou a calcinha da outra e levou para a base como troféu.

A polícia deve ter sido notificada. Reflita sobre o que você fez.

Ela havia acertado em cheio. O intérprete ficou extremamente abalado. Aquele primeiro cliente de Madame Natalie, a Grande Vidente, ficou ali murmurando baixinho, sem parar: "Não, eu não fiz isso. Não fiz, não". Yasuzawa, o intérprete, incluiu uma gorjeta e pagou 200 mil ienes.

– Obrigada – disse Natalie. – Mas tome cuidado com a "Cruz". Da próxima vez que atacar uma mulher com a "Cruz", com certeza vai morrer.

Uma semana depois, este fuzileiro naval morreu, com braços e pernas estendidos, espumando pela boca – no parque Arisugawa, em Hiroo.

9.

Duas ou três semanas depois, entrou ali um homem com o terno meio amarrotado e a gravata com o nó folgado. Deveria ter uns 27 ou 28 anos de idade.

– Inhame cozido no *shoyu* adocicado. Nabo refogado com molho de missô. Anéis de lula fritos. E uma garrafa de saquê para acompanhar.

– Muito bem – disse Setsuko enquanto anotava o pedido. – O senhor tem um estilo bem tradicional. Um japonês da velha guarda – Setsuko acrescentou.

– Aqui sempre foi um lugar de adivinhação? Lembro que esse lugar já foi um cabaré de moças, ou algo assim – comentou o homem.

– É que o corpo de Set-chan não estava atraindo muitos clientes, então mudamos de ramo – disse o gerente.

– Quer dizer então que o lugar evoluiu e passou de uma espelunca para uma fraude mística – disse o homem.

– Acho melhor não dizer coisas desse tipo – respondeu o *barman*.

– Nossa, que estúpido – Setsuko cochichou ao ouvido de Agnes. – Vai ver que o cara é da polícia. Tenha cuidado.

– Essa adivinhação do futuro que você mencionou é coisa séria? – o homem perguntou.

– Não só é séria, como vem tendo uma aceitação incrível. Nunca tivemos tantos clientes – o gerente afirmou.

– Humm. Então, será que a vidente pode dizer algo sobre uma pessoa desaparecida?

– O valor da gorjeta pela adivinhação depende da importância e da urgência da questão, mas você dá a impressão de não ganhar muito bem, então podemos fazer mais barato para você.

O gerente também tinha um leve palpite de que o homem era um inspetor de polícia disfarçado.

– Nunca dá pra sabermos direito essas coisas, mas já me disseram que sou descendente de um *onmyoji*. Que sou descendente de Abe no Seimei. Acho que vou aceitar que vocês leiam a minha sorte – disse o homem.

– Esta aqui é Madame Natalie, uma ex-freira – explicou Setsuko.

O homem prosseguiu. – É que um conhecido meu morreu de repente. E gostaria de saber como ele está se virando no outro mundo.

– O senhor deve ser uma pessoa de forte fé – Natalie comentou.

– Ultimamente morreram várias pessoas próximas. Fico imaginando se criei alguma conexão com o Ceifador ou com um *shinigami*. Você teria algo a dizer sobre isso?

– Dê-me um minuto. Vou perguntar a Deus.

O homem ficou examinando Natalie atentamente, de cima a baixo. Ela era bonita e passava um leve ar de praticante religiosa. Mas estava vestida com uma roupa estilo *As Mil e Uma Noites*, portanto era difícil captar precisamente o sentido de tudo aquilo.

– Bem, não chega ao nível do dono de uma funerária, mas vejo vários espíritos de gente morta vagando ao seu redor – disse Natalie.

— Que tipo de espíritos você vê?

— Muitos deles parecem ter tido uma morte súbita.

— Talvez tenham sido vítimas de uma gangue. Há uma gangue chamada Família Motoyama aqui em Gotanda.

— Senhor detetive, está querendo respostas por uma questão de trabalho ou só por entretenimento?

— Detetive, eu? Está enganada. Estou pensando em largar o meu emprego de escritório, porque me obriga a fazer muitas horas extras. Talvez eu vire adivinho também, quem sabe.

— O senhor não mente muito bem. Na verdade, está procurando um criminoso, não é? O responsável por essas mortes não naturais que comentou.

— Agora fiquei impressionado! Este lugar não é uma fraude, sem dúvida não é. Sou descendente de Abe no Seimei, mas sinto que eu e você temos algum tipo de conexão.

— Sou uma mulher que não teve muita instrução, senhor, por isso nunca ouvi falar em *onmyojis* nem em Abe no Seimei. Mas sei que já morou em Quioto.

— Nossa, você é boa mesmo. Na mosca! Eu me formei pelo Departamento de Religião da Universidade de Quioto. Pois é, eu gosto de religião.

— Humm... E parece que gosta da internet, também.

— Gosto mais ainda de você. Diga, Natalie, o que mais você sabe? Me conte.

— Sei que lhe informaram a respeito de um "bar violento" que tinha virado um "bar de adivinhação" e que então veio para me sondar, acertei?

— Madame Natalie, talvez não devesse se arriscar tanto — Setsuko interrompeu.

— Ela está certa — disse o gerente. — Não somos um bar violento, e juro pelos céus que não estamos fazendo nada que possa deixar a polícia preocupada.

— É que uma freira de Nagoya com poderes misteriosos desapareceu depois de ter sido convocada para vir a Tóquio. Você, que já foi religiosa, por acaso sabe algo a respeito dessa freira? — o homem perguntou.

— Ora, ora, que papo é esse? Essa garota aí é minha prima, estudante, nasceu aqui em Tóquio mesmo e estuda na Universidade Feminina Ferris. Ela só está trabalhando aqui meio período – disse Setsuko.

– É que um estrangeiro morreu em Hiroo. E o intérprete japonês que trabalhava para ele mencionou algo sobre "uma vidente de Gotanda" e uma "Cruz", então a polícia está procurando por ela em várias igrejas. Estou atrás dessa tal "vidente de Gotanda" – revelou o homem.

– O senhor é abençoado por Deus. Mas mentir não é uma boa coisa. Agora estou ouvindo algo como "Doman Ashia", e não faço a menor ideia do que seja – disse Natalie.

– Caramba! Pois meu nome é Doman Yogiashi, mas Doman Ashia é um ancestral meu! – disse o homem surpreso.

– Seja como for, o senhor tem inimigos atualmente, portanto a pessoa que está procurando não irá abrir seu coração – avisou Natalie.

– Vamos, senhor, é melhor ir para casa. Se tem intenção de voltar aqui algum dia, cobraremos agora 200 mil ienes, com a gorjeta inclusa. Mas, se prometer que nunca mais vai voltar, daremos um bom desconto e vamos deixar por 50 mil ienes – disse o gerente.

– O senhor está falando com o detetive Yogiashi da Primeira Divisão de Investigação Criminal. E como se trata de um serviço público, não vou pagar um centavo.

– Acontece, senhor, que comer e beber sem pagar é crime – disse o *barman*. – Será que deveremos levá-lo até a delegacia de polícia mais próxima, em Meguro?

– Acho que isso é o suficiente por hoje – disse o homem. Deixou 2 mil ienes na mesa e saiu apressado do bar.

"Ela parece ter mesmo poderes sobrenaturais. É a única coisa que sei por enquanto", pensou o homem enquanto saía dali, contrariado.

10.

Os dois detetives estavam num bar em Roppongi. Junichi Yamasaki e Yuri Okada fingiam ser um casal enquanto bebiam um *bourbon* com água. Eles casualmente observavam o bar, ocultando sua verdadeira identidade.

– Ouvi dizer que as mulheres japonesas que vêm aqui fazem os estrangeiros pagarem uma bebida para elas e depois vão ter relações com eles no hotel – disse Yamasaki.

– Bem, isso significa que os homens estrangeiros que vêm aqui são potenciais criminosos sexuais, e as mulheres, possíveis vítimas de estupro. Talvez haja alguém aqui que esteja ligado ao nosso assassino em série – disse Okada.

– Não me conformo que haja moças vindo aqui à procura de homens estrangeiros. Prefiro acreditar que são garotas procurando coroas ricos, homens de meia-idade que se disponham a comprar bolsas caras e joias para elas. Isso até daria para entender. Por exemplo, garotas de faculdade que desejam ter uma bolsa Louis Vuitton – disse Yamasaki.

Ouviram sons de passos junto à porta e viram entrar duas jovens com jeito de universitárias. Uma delas era muito bonita, embora talvez comesse um pouco além da conta. Era um pouco "forte" para os padrões de uma garota japonesa. A outra era mais alta e tinha um andar nervoso.

Yamasaki e Okada ficaram prestando atenção à conversa delas e descobriram que as duas tinham uma amiga avoada, que lá pelas 2 horas da manhã da noite anterior, a caminho de casa, tivera sua identidade de estudante e a carteira roubadas da bolsa que trazia a tiracolo enquanto esperava abrir o semáforo.

Logo depois, um britânico negro e um francês branco entraram no bar. Os dois eram fortes, com físico bem modelado.

Yamasaki e Okada se surpreenderam ao ver que a

jovem gordinha falava bem francês e a mais alta era fluente em inglês.

— Puxa, garotas que sabem falar outros idiomas vêm até este bar para seduzir os caras! Não consigo acreditar numa coisa dessas — disse Yamasaki, inconformado.

— Eu estudei no exterior e depois voltei para o Japão, e imagino que, pelo inglês fluente dessa moça, ela deve ter tirado pelo menos 800 naquele teste TOEIC de proficiência em inglês. Quer dizer, ela poderia muito bem estudar no exterior. Essas garotas poderiam arrumar homens japoneses de elite nos eventos de encontro — disse Okada.

— Me desculpe, eu não sou da elite.

— Bobagem, Yamasaki. Você se formou na Escola Secundária de Komaba, afiliada à Universidade de Tsukuba, a instituição que mais aprova alunos para a Universidade de Tóquio, a melhor do Japão. Dos 160 alunos de cada turma, cerca de 100 são aceitos na Universidade de Tóquio. E quanto ao número daqueles que conseguem entrar na universidade direto ao final do ensino secundário, sua escola supera até mesmo a Escola Kaisei.

– Mesmo assim, não me conformo. Fui o único a entrar na Universidade de Tsukuba. O reitor da época, que era um dos ganhadores do Prêmio Nobel, se exaltou: "Por que, de todos os alunos matriculados, só há um que veio de uma escola afiliada? Quero que as duas escolas secundárias de Komaba e Otsuka se mudem de Tóquio para cá". Mas as escolas protestaram com veemência contra a ideia e não acataram o pedido. E foi isso. Fui o único aluno que foi para a universidade afiliada.

– Jura? Mas Yamasaki, você é uma pessoa naturalmente brilhante. Ouvi dizer que você também passou no exame para entrar na Escola Secundária Kaisei. E todos sabem que você quase chegou a superintendente-geral.

– Cheguei ao auge do desempenho acadêmico no final do ensino fundamental I.

— Mas se você já é um inspetor no quinto ano da carreira, isso quer dizer que foi o escolhido entre muitos outros candidatos, não é?

— Um amigo da minha idade, lá da Escola Secundária de Komaba, entrou na Faculdade de Direito da Universidade de Tóquio e virou inspetor já no primeiro ano. Não me conformo com isso. Mas, dane-se. Vou me concentrar mesmo é em vencer o torneio nacional de *kendô* quando menos esperar.

Nessa hora, a universitária gordinha, que devia ter uns 21 anos, saiu do bar com o francês. A mais alta ainda conversava com o outro homem em inglês, querendo saber detalhes da vida dele. Pelo que dava para entender da conversa, talvez ele fosse um espião britânico.

— Vamos lá, se é um espião, pague a conta para conquistar uma garota – dizia a moça –, algo desse tipo.

Tanto Yamasaki quanto Okada se queixaram:

— Ah, parece que vamos voltar pra casa de mãos vazias hoje.

Naquela hora, eles ouviram o homem negro britânico comentar que estava investigando o assassinato de um fuzileiro naval americano em Hiroo. A vítima era um membro da equipe que combatia os mísseis norte-coreanos, então o britânico dizia que a vítima talvez tivesse caído numa armadilha da Coreia do Norte. Se não, afirmou ele, a mulher que havia sido derrubada no chão na cena do crime não teria conseguido matar o fuzileiro tão facilmente.

– Hora do 007. A Agência de Inteligência de Segurança Pública do Japão já deve ter se mobilizado também – disse Yamasaki.

Yuri Okada levantou-se e começou a falar com o "Senhor 007" como se estivesse bêbada. Os dois estavam agora no balcão do bar.

– Como você acha que aquele fuzileiro naval negro foi morto? – Okada perguntou.

– Imagino que foi com uma injeção de veneno – disse o britânico.

– Como assim?

— A Coreia do Norte usa aranhas venenosas. Eles inserem veneno de aranha numa pequena cruz na ponta de um rosário e golpeiam com ela, como se fosse uma agulha. Houve um caso assim em Londres.

— Mas um atleta japonês foi morto em Odaiba, e um homem com uma faca e que tinha antecedentes criminais foi morto no parque Yoyogi. Não faz muito sentido achar que o criminoso era um espião norte-coreano. Isso praticamente não é relevante — interveio Yamasaki.

— Tudo bem, chega de flertar por hoje. Vocês dois são detetives, certo? Assustador, muito assustador — disse o homem, e saiu do bar.

A universitária ficou ali, perplexa.

De repente, ouviu-se uma grande explosão vinda da área de Akasaka.

O gerente do bar correu para ligar a tevê.

O canal da NHK estava comunicando a seguinte notícia de última hora:

"Um objeto que parece ser um míssil supersônico atingiu a residência oficial do primeiro-ministro. A residência está em chamas, mas não há vítimas, pois os funcionários saem do trabalho às 6 da tarde. O primeiro-ministro Tabata estava tomando banho na área residencial quando o míssil caiu. O vidro do boxe do banheiro estilhaçou, e ele sofreu ferimentos leves causados pelos fragmentos de vidro, mas sua vida não corre perigo. O Ministério da Defesa, as Forças de Autodefesa e o Exército dos EUA estão agora analisando a situação, mas sabemos que o míssil foi lançado da Coreia do Norte e caiu no Japão depois de voar por cerca de 10 minutos. Os mísseis PAC-3 não conseguiram interceptá-lo a tempo. Mais tarde daremos outros detalhes.

As coisas estavam ficando mais sérias.

11.

O detetive Mitsuru Noyama chegou a Tóquio, vindo de Nagoya, procurando a freira desaparecida. Ele se juntou à equipe Yamasaki.

– Conheci uma ex-freira em Gotanda que trabalhava como vidente usando seu sexto sentido – disse Doman Yogiashi. – Mas ela não parecia ser uma pessoa capaz de matar alguém. Fico pensando que talvez haja gangues envolvidas.

– A irmã Agnes usou seus poderes mediúnicos para endireitar uma cruz que foi entortada por um terremoto, e até restaurou as rachaduras na estátua – disse Noyama. – Caminhou sobre as águas de um rio, como Jesus, para salvar uma criança que se afogava. E mergulhou um senhor cadeirante de 90 anos numa fonte enquanto rezava. O homem saiu da fonte andando normalmente. As pessoas em Nagoya estão comentando essas coisas, falando que essa freira é a Segunda Vinda de Jesus Cristo ou da Virgem Maria.

– Virgem Maria? – Yogiashi perguntou.

– Isso. E corre o boato de que a estátua da Virgem Maria da igreja derramou lágrimas de sangue por Agnes – acrescentou Noyama.

O detetive Yamasaki interrompeu.

– Isso talvez esteja fora da alçada da Primeira Divisão de Investigação Criminal. Teríamos que criar uma equipe de operações especiais como a da SPEC, aquela que virou uma série e um filme, e chamar alguém como a detetive protagonizada pela atriz Erika Toda.

– Sinto muito por ser apenas uma detetive comum – disse Okada. – Mas estudei fora, nos Estados Unidos, assim como a detetive Touma, da SPEC.

– Calma, relaxe – disse Yogiashi. – Provavelmente tem mais a ver com a minha área, por eu ser descendente de um *onmyoji*. Essa mulher de Gotanda apresentou-se como irmã Natalie, portanto não deve ser a freira que procuramos. Mas sua habilidade de vidente parece ser real, não é fraude. E como é improvável que ela seja uma suspeita no caso, por que não convidá-la para fazer parte da nossa equipe e nos ajudar a encontrar Agnes?

— Será como a versão de Tóquio do filme americano *Livrai-nos do Mal* (*Deliver Us From Evil*). Parece que estou me afastando cada vez mais de fazer parte da elite – disse Yamasaki.

— Como assim, chefe? Este caso foi passado para nós diretamente pelo próprio superintendente-geral. Se conseguirmos resolver o mistério da morte das vítimas e pegar o culpado, com certeza você será promovido a superintendente-geral – disse Yogiashi.

— Ah, por falar nisso – acrescentou Noyama –, há outro detalhe: quando a irmã Agnes foi acolhida pela igreja, vestindo só uma camisa numa noite de tempestade, ela estava num estado de choque tão grande por causa da agressão sexual sofrida que perdeu totalmente a memória. Ouvi dizer que nem sabe quem ela é.

— A Natalie de Gotanda é uma garota bonita e me pareceu honesta. Ouvi dizer que é de Tóquio e aluna da Universidade Feminina Ferris – disse Yogiashi.

– Bem, pode ser. Ah, algum de vocês sabe como está o caso do ataque de míssil à residência oficial do primeiro-ministro? – Noyama perguntou.

– Se fosse terrorismo doméstico, com certeza estaríamos envolvidos nisso, mas um ataque de míssil da Coreia do Norte cai na jurisdição do Ministério de Relações Exteriores e do Ministério da Defesa – respondeu Yamasaki. – Parece que a Coreia do Norte alegou que estava tentando lançar um satélite meteorológico e falhou. Como de costume.

– Isso é impossível. Como assim? Atingir "acidentalmente" a residência oficial do primeiro-ministro? É óbvio que isso é uma ameaça – disse Okada.

– Soube que vão contestar a questão com firmeza, mas parece que tanto o Ministério da Defesa quanto as Forças de Autodefesa estão em apuros agora, porque o incidente foi de fato humilhante – disse Yamasaki.

– E o que o primeiro-ministro está fazendo agora?
– Noyama perguntou.

– Ele está encolhido de medo – disse Yamasaki.
– Dizem que receava ser atacado por mais mísseis se permanecesse no hospital. Por isso, está indo de um hotel para outro a cada três dias.

– Há também ordens dos superiores para identificar espiões norte-coreanos – disse Yogiashi. – O Serviço Secreto sozinho não dá conta. Hoje em dia, parece que até hospitais e escolas são alvos frequentes de ataques cibernéticos. Mas essas informações ainda não foram divulgadas.

– Sim – Okada concordou. – E suspenderam os saques em dinheiro de oito bancos. E também removeram os registros médicos de um hospital em Shikoku, então eles voltaram a fazer os registros manualmente. Sem contar que ontem à noite uma escola de ensino fundamental perto daqui anunciou na madrugada: "Incêndio! Por favor, evacuem o local com calma", e ficou repetindo a mensagem por 20 minutos seguidos. Mas, quando ouvimos as sirenes do caminhão de bombeiros, eles anunciaram: "Alarme falso". Nunca vi nada parecido com isso.

– Talvez tenha a ver com a operação militar especial da Rússia na Ucrânia – disse Yamasaki.

Os quatro estavam conversando numa churrascaria em Azabu. Era um jantar de boas-vindas que estavam oferecendo ao detetive Noyama, vindo de Nagoya.

Yamasaki recebeu uma mensagem em seu celular que dizia: "Ligue a TV". Ele pediu que um funcionário do restaurante trouxesse uma pequena tevê até a saleta privada deles.

Ligaram no canal da NHK, e o âncora transmitiu a seguinte mensagem:

"Três barcos pesqueiros de lula, junto à costa de Aomori, sofreram ataques por jatos ou por objetos misteriosos que chegaram voando dos Territórios do Norte e estão em chamas. É possível que se trate de uma retaliação da Rússia às sanções econômicas impostas pelo primeiro-ministro Tabata.

Há rumores de que o primeiro-ministro irá realizar uma reunião secreta urgente do gabinete num abrigo subterrâneo do Edifício do Parlamento Nacional, mas a localização exata não foi revelada nem mesmo para a mídia.

Médicos disseram que o primeiro-ministro pode estar sofrendo de transtorno de estresse pós-traumático em razão do recente ataque por míssil e que no presente momento talvez não esteja em condições de avaliar com clareza a situação.

– Ah, mas o que é isso! Agora é a Rússia? – Os quatro estavam fartos daquilo. Era coisa demais fora do controle das forças policiais.

12.

As cerejeiras começavam a florescer em volta do Castelo de Nagoya. A pandemia da covid-19 ainda não terminara, e aqueles que tinham vindo apreciar as flores de cerejeira apenas observavam sua beleza por uns instantes enquanto passavam por elas. Não se viam pessoas reservando lugares sob as árvores para piqueniques, nem gente tomando saquê sob as flores, como manda a tradição do *hanami*.

Um homem de pouco mais de 50 anos caminhava junto à margem de um dos fossos. Seu nome, Michio Taneda. Alguns anos antes, largara o emprego de longa data no *Jornal Chucho* para procurar a filha, que desaparecera de uma hora para outra.

Taneda era agora um escritor *freelancer*, e a esposa ensinava arranjos florais para ajudar a sustentar a casa. O casal pensara em se divorciar, mas não tinha certeza se a filha havia de fato morrido. Era até possível que ela tivesse fugido espontaneamente de casa ou ido morar com um namorado (caso tivesse um). Ela precisaria que os pais estivessem esperando por ela em casa quando voltasse, se é que voltaria. Não foi reportado nenhum corpo na delegacia de polícia. Taneda queria acreditar que a filha ainda estava viva. "Tinha que estar", pensava ele.

Um dia antes de desaparecer, ela passeava despreocupada com seu irmão mais novo, Norio. Taneda lembrou-se daquele dia em que a filha deveria estar na escola. À tarde, o tempo piorou; chovia na hora em que as aulas terminaram, e no começo da noite caiu uma tempestade com trovões. Talvez ela tivesse sofrido algum acidente ou houvesse acontecido algo enquanto esperava a tempestade passar.

A filha mais velha, Taeko Taneda, tinha apenas 18 anos. Ela dizia que queria ser advogada e tinha o desejo sincero de ajudar os mais fracos. Sua intenção era ir para a Escola de Direito da Universidade de Nagoya no ano seguinte. Era uma jovem com um forte senso de justiça e muita esperança no futuro, portanto não fazia sentido ela desaparecer de repente, a não ser que tivesse se envolvido em algum incidente ou acidente. Se tinha algum pecado, era ser uma mulher linda de pele clara em Nagoya – onde se diz que há poucas mulheres bonitas.

Não havia possibilidade de que tivesse se envolvido em algum acidente de trânsito. Taneda refez o caminho que a filha costumava fazer da escola para casa, perguntando às pessoas se sabiam de alguma coisa e mostrando-lhes a foto da filha.

Atormentava-se achando que pudesse ter sido sequestrada e vendida a alguma rede de exploração sexual nos arredores de Sakae, bairro de vida noturna agitada, e vasculhava exaustivamente os lugares daquele distrito.

Um homem que ele conheceu num bar de karaokê contou ter visto uma moça de aparência semelhante, com uniforme de escola, andando abraçada a um rapaz que machucara o tornozelo. Mais tarde, encontraram numa garagem vazia alguns vestígios do que parecia ser um uniforme escolar queimado. Também acharam ali um colchão e um cobertor, ambos com traços de sangue do tipo A – o mesmo de Taeko –, mas a análise do DNA não permitiu confirmar se o sangue batia com o DNA dela. Outros tipos de sangue foram encontrados no colchão, e a polícia disse que aquela garagem poderia ter sido usada várias vezes como lugar para levar garotas para serem estupradas. No entanto, com a repentina tempestade que caiu no dia em que Taeko foi dada como desaparecida, não houve como achar uma testemunha que pudesse dizer algo sobre as circunstâncias de seu sumiço.

Ninguém nos arredores tinha ouvido nada de anormal. Uma velha cerejeira fora atingida por um raio a uns 50 metros de onde Taeko possivelmente teria estado, mas nenhum corpo foi encontrado.

Mais ou menos nessa época, Michio Taneda ouviu um boato sobre os milagres de "Santa Agnes". Mas era difícil imaginar que a filha tivesse de repente se tornado freira. Ele procurou o padre da

Igreja Nunoike e mostrou-lhe uma foto dela, mas o padre disse não ter certeza. Admitiu que Santa Agnes estivera em sua igreja, mas disse que ela sofria de amnésia e não parecia ser uma aluna de ensino médio que se preparava para um vestibular para a Faculdade de Direito da Universidade de Nagoya. Pelo que ele disse, Santa Agnes realizara vários milagres, mas quando o arcebispo Inácio, de Tóquio, ordenou um inquérito, ela fugiu para os lados de Tóquio, dizendo aos prantos: "Não estou possuída pelo demônio". O padre informou: "Santa Agnes ainda está desaparecida". Não é fácil encontrar alguém desaparecido em Tóquio. A família de Taneda era adepta do budismo Nichiren, portanto era difícil acreditar que a moça tivesse de repente se tornado cristã. Além disso, também era muito difícil acreditar que tivesse não só se tornado freira católica, mas também que fosse a autora de vários milagres.

No entanto, os rapazes que haviam estuprado Taeko naquela noite de tempestade ainda deveriam estar por ali, em algum lugar. E seria possível que uma pessoa enlouquecesse a ponto de sofrer de amnésia após uma experiência traumática como essa?

Taneda também tivera contato com o detetive Mitsuru Noyama, que conhecera por meio daquela entrevista para o *Jornal Chucho* tempos antes. Noyama tivera informações daquela milagrosa freira, mas a polícia não quis se envolver por se tratar de uma questão da alçada da Igreja. A filha desaparecida, sim, com certeza era assunto que tinha a ver com a polícia, mas não era um caso que merecesse muita atenção, já que não se tratava de um assassinato. Noyama disse que se encarregaria do caso se encontrassem um corpo. Prometeu perguntar à Primeira Divisão de Investigação Criminal de Tóquio se sabia de algo, pois tinha planos de ir para lá.

"Taeko, Taeko, Taeko. Onde está você? Você está bem?" Todos os dias, Michio Taneda perguntava a respeito da filha desaparecida aonde quer que fosse, como se estivesse rezando. Por fim, não aguentou mais. Foi a Tóquio e começou a ir de um cibercafé a outro, procurando Taeko ou alguém que pudesse saber algo dela.

Enquanto isso, Santa Agnes deixou o apartamento de Setsuko após o incidente do detetive que foi até o "bar de adivinhação" em Gotanda. Por volta dessa época, começou um trabalho de meio período na floricultura Hibiya Kaman – um emprego que arrumou enquanto caminhava pelo parque Hibiya. Cortou os cabelos, deixando-os curtos, e, para mudar o rosto, escolheu uma maquiagem que fazia sua pele parecer mais escura. Agnes dava a impressão de ser mais adequada àquele emprego de meio período na floricultura do que as pessoas em geral, por causa da mãe, que era professora de arranjos florais.

No entanto, Agnes lembrou que o detetive Doman Yogiashi talvez a tivesse visto atirando um pedaço de madeira no ladrão de bolsas para fazê-lo tropeçar e cair. A madeira nem chegou a acertá-lo, então talvez fosse apenas coincidência o criminoso ter caído naquela mesma hora, mas precisava ter cuidado, porque o detetive já dissera ser descendente de um *onmyoji*.

E ela lembrava também que havia ali perto um homem alto, vestido de preto, de óculos escuros, observando-a fixamente, por alguma razão que ela desconhecia.

"Por que será que acabei desse jeito?", pensava Agnes consigo. "Não sei quem sou de verdade. Não sei por que acontecem milagres comigo. Não sei sequer por que tenho poderes paranormais. Será que deveria ir ver o arcebispo Inácio, na sede de Tóquio, para que ele julgasse se os milagres são obra do demônio ou não? Com certeza, se eu lhe contasse sobre o raio que caiu naquela noite de tempestade, e que fui estuprada por quatro rapazes, ou sobre a estátua de Maria vertendo lágrimas de sangue, ele no mínimo iria dizer que estou mesmo possuída pelo demônio.

Os católicos de hoje não têm mais uma mente tolerante. Isso é especialmente verdadeiro quando se trata de poderes mediúnicos ou paranormais. Os bispos e arcebispos não têm nenhuma aptidão para essas coisas e, apesar de seus altos postos na hierarquia, eles se restringem apenas a lidar com questões burocráticas dentro da organização. Tenho certeza de que irão mandar uma carta ao Vaticano e que este vai pedir que eu passe por uma avaliação psiquiátrica em algum hospital. Para mim, o pior cenário é acabar sendo excomungada da Igreja.

Estou com problemas: Jesus Cristo, Santíssima Maria, por favor me ajudem. Por favor, protejam-me de todo mal e guiem-me na direção certa."

Agnes estava sendo procurada e havia muita gente precisando dela. Além disso, debatia-se ao buscar o seu "eu".

Nesse momento, uma carpa vermelha saltou fora de um lago no parque Hibiya, produzindo um respingo gigante.

13.

Estava chuviscando. Santa Agnes, ou Suzu Nomura, vinha inquieta, olhando ao redor enquanto caminhava pelo sofisticado bairro de Ginza. É lá que ficam muitos empreendimentos ligados à vida noturna, e a maioria lida com flores, por isso dizem que a área abriga mais de mil floriculturas. "Deve haver pelo menos uma loja por aqui que tenha a bondade de me aceitar", pensou ela, na esperança de encontrar um novo emprego.

Nesse instante, alguém vindo de trás tocou de leve no seu ombro esquerdo.

Santa Agnes virou-se e viu um rosto familiar.

– Irmã Margaret!

– Há quanto tempo! Encontrei-a por acaso. Não acredito que você está passeando por aqui!

A irmã Margaret era uma figura central, que havia cuidado de Agnes na igreja em Nagoya. A julgar por sua aparência, parecia ser cinco ou seis anos mais velha que Agnes.

– Fomos guiadas por Deus. Estou aqui para um treinamento também – disse Margaret.

– Você realmente está aqui para um treinamento? – Agnes perguntou.

– Bem, o treinamento é um pretexto. Como você deve estar imaginando, o arcebispo pergunta de você todo santo dia.

– Sinto muito que você esteja tendo problemas por minha causa.

– Mas, me conte, por onde tem andado, o que tem feito? Até agora, não consegui responder às perguntas que o arcebispo me faz. Você devia aparecer lá e dar um alô.

– Você acha que estou possuída pelo demônio?

– O mais importante é que você esteja segura. Não se preocupe, vou protegê-la.

– Acho que ele quer que eu me confesse. Depois, talvez me faça ser examinada por uma clínica psiquiátrica e mantida sob vigilância num convento pelo resto da vida.

— Essa época em que estamos vivendo agora é bem diferente da época daquela garotinha que descobriu a fonte de Lourdes ou da jovem que ouviu as profecias de Fátima. Tenho certeza de que irão respeitar um pouco mais os seus direitos.

— Ah, Jesus, por favor, me proteja — pediu Agnes.

Assim, não se sabe ao certo se por obra do acaso ou guiada por Deus, Agnes foi encontrar-se com o arcebispo de Tóquio, Inácio, acompanhada por Margaret. A igreja ficava na periferia de Ginza. Entraram no edifício, pegaram o elevador até o quinto andar e foram até a sala do arcebispo Inácio. Margaret providenciou um hábito para Agnes.

O arcebispo estava sentado numa cadeira de balanço de madeira.

As duas acomodaram-se num sofá cor de vinho em frente a ele.

— Você deve ser Agnes — disse Inácio.

— Sim. É assim que costumava ser chamada. Agora trabalho meio período numa floricultura, mas com o nome de Suzu Nomura – explicou Agnes.

– Alguma vez viu Jesus Cristo ou algum anjo?

– Não tenho certeza. Mas senti a luz descendo dos Céus, e também senti como se estivesse em êxtase.

– Você alguma vez viu o demônio?

– Não diretamente. Mas às vezes tenho alguns pesadelos.

– Por acaso seus pesadelos são lembranças de você sendo atacada por aqueles quatro rapazes ou sendo atingida por um raio durante uma tempestade?

– Talvez. Às vezes, acordo de repente no meio da noite, com medo, chorando.

– E o que faz nessa hora?

– Peço que o Senhor Deus me salve, ou às vezes chamo o nome de Jesus Cristo.

– Você se vê como filha de Deus?

– Não, acho que sou uma pecadora. Ainda não recuperei minhas memórias do passado, e desejo pedir à Imaculada Maria que me perdoe por meu envolvimento num crime sexual, por ter criado quatro pecadores.

— É verdade que a estátua da Virgem Maria da igreja de Nagoya derramou lágrimas de sangue?

— Isso é apenas um boato. Eu não tenho certeza.

— É verdade que a cruz, atingida por um terremoto e parcialmente destruída, foi restaurada por uma oração sua?

— Isso eu também não posso confirmar. Não tenho certeza.

— É verdade que você caminhou sobre as águas de um rio para salvar uma criança que estava se afogando?

— É verdade que eu estava desesperada para salvá-la, mas o vídeo que foi colocado na internet talvez seja falso. Pode ter sido editado por alguém.

— É verdade que você curou um senhor de idade, imobilizado numa cadeira de rodas, depois de rezar e batizá-lo na água?

— Tenho certeza de que não foi meu poder que fez isso, mas o poder daqueles que acreditam na Igreja.

Agnes estava ficando um pouco cansada e começou a sentir a cabeça zonza. Uma mulher que até há pouco ganhava dinheiro num "bar de adivinhação" não deveria estar tendo um diálogo tão intenso, quase um interrogatório, com o arcebispo.

Margaret colocou o braço em volta da cintura de Agnes para demonstrar-lhe apoio.

– Excelência, sou uma mulher leiga, pecadora. Por favor, permita-me viver a vida como uma jovem comum – disse Agnes, e de repente perdeu os sentidos.

O arcebispo disse:

– Por hoje, vamos terminar por aqui – e quando ela se recuperou permitiu que fosse embora.

Margaret saiu da igreja e levou Agnes até um hotel executivo barato.

O arcebispo ficou desorientado, com uma sensação de desamparo.

"Como é possível que uma garota simples como essa opere milagres como os de Jesus e Maria quando eu, o arcebispo de uma grande cidade como Tóquio, não fui dotado de nenhum dom espiritual?", pensou o arcebispo consigo. "Se os milagres forem de fato verdadeiros, eu poderei consultar o Vaticano e solicitar que Agnes seja santificada. Mas não entendo por que ela recebeu um dom espiritual depois de ser estuprada por vários rapazes e perder a virgindade. Em circunstâncias normais, não seria surpresa se ela convidasse o demônio para se vingar. O fato de ela ter sido carregada até uma igreja depois de ser atingida por um raio também é inaceitável, porque tem um toque protestante demais; é muito semelhante à história de Martinho Lutero, o reformador do protestantismo, quando entrou no mosteiro. Acho melhor evitar sentir qualquer compaixão pela moça e investigar a questão mais a fundo, com maior discernimento."

No entanto, logo cedo na manhã seguinte, Suzu Nomura, também conhecida como Santa Agnes, havia fugido do hotel. Estava assustada, a ponto de perder a cabeça.

14.

Santa Agnes, também conhecida como Suzu Nomura, fugiu de Ginza e desceu na estação Futako Tamagawa. Entrou numa loja de departamentos Takashimaya, que ficava perto da estação, e comprou algumas roupas baratas que estavam sendo vendidas pela metade do preço – um vestido retrô azul-marinho de bolinhas, estilo década de 1970 ou 1980. Completou o traje com um chapéu azul-marinho feito de tecido barato e um par de óculos sem grau, com armação de casco de tartaruga. Com essa aparência, ninguém a reconheceria à primeira vista, pensou.

Depois de uma refeição leve de *curry*, Suzu foi passear à margem do rio Tama. "Hoje, não serei severa comigo, não importa o que aconteça. Vou passar o dia simplesmente relaxando e me recuperando do estresse", decidiu.

Do alto da ponte, Suzu avistou várias carpas pretas de um metro de comprimento. Então, sentiu uma súbita vontade de caminhar junto ao rio, e ficou passeando pela sua margem. Várias pessoas andando de bicicleta passaram por ela. Uma jovem vinha na direção contrária treinando corrida. Suzu imaginou que aquele era um local seguro.

Nesse momento, um grito lancinante ecoou. Suzu foi direto até o local de onde vinha a voz.

O grito veio de um campo coberto por uma grama muito alta e densa. Uma colegial usando uma blusa branca com um lenço cor de vinho no pescoço e uma saia azul-marinho estava cercada por quatro rapazes que pareciam alunos de cursinho. Suzu sentiu um afluxo repentino de sangue na cabeça. "É o mesmo que fizeram comigo. São uns animais, não são gente. Pensam que está certo arruinar o futuro de uma garota só para satisfazer suas necessidades sexuais animalescas? Eles acham que Deus vai perdoá-los de novo todas as vezes?" Suzu, ou melhor, Santa Agnes surpreendeu-se ao ver que sentia as coisas de novo como Santa Agnes.

Ela também ficou surpresa quando viu que estava seguindo adiante junto à margem do rio, sem pensar duas vezes, livre de quaisquer inibições.

Nessa hora, a jovem que antes vinha treinando corrida, vestida com uma calça de moletom preta com listras brancas verticais, também correu pela margem do rio.

– Vocês todos deveriam se envergonhar! – gritou a corredora ao se aproximar dos quatro rapazes. Um homem que estava debruçado sobre a garota virou o pescoço para olhar. Então a jovem mulher deu um giro rápido com a perna e acertou um chute bem no meio da têmpora dele, incapacitando o rapaz, que tinha os olhos puxados como os de uma raposa e que estava prestes a estuprar a garota indefesa. Um belo golpe, sem dúvida.

O homem foi literalmente arremessado depois de levar aquele chute na cabeça. Em seguida, ela deu uma voadora no peito de outro rapaz, de 1,80 metro de altura, que tinha um rosto redondo. Ele soltou uma bolha de saliva pela boca e na mesma hora caiu nocauteado no chão. O terceiro, que parecia um lutador de sumô, agarrou a jovem por trás, meio desajeitado. Por um breve momento, ela agiu como se quisesse se desvencilhar e fugir, mas depois deu um chute para trás e com o calcanhar acertou a virilha do rapaz. Ele caiu de lado em grande agonia, segurando suas bolas com as duas mãos, por causa da dor e para protegê-las de outro daqueles chutes. A jovem mulher era alguém claramente experiente em caratê e *kung fu*.

Enquanto os três rapazes apanhavam, um homem alto de óculos escuros, com jeito de ser o líder do bando, foi pegar um taco de beisebol de metal que guardava em sua moto, estacionada junto à margem do rio. Com o taco de metal na mão, partiu correndo para acertar a cabeça da jovem. Ela rapidamente jogou-se no chão e rolou para o lado na grama, esquivando-se do golpe do taco.

– Oh, meu Deus! – gritou Agnes abrindo os braços, com as mãos espalmadas, e rezou. – Oh, Senhor, por favor nos dê forças.

Então, de maneira assombrosa, o taco de metal, depois de cortar o ar e atingir o chão, partiu-se em três pedaços.

A corredora, que havia rolado pelo chão, não tirava os olhos de Agnes esse tempo todo. – Ah, quer dizer que a moça tem poderes paranormais! – murmurou.

O jovem do taco de metal correu furioso em direção a Agnes e atirou-a no chão. Depois de acertar-lhe alguns socos de direita e de esquerda, o rapaz rasgou-lhe o vestido azul-marinho recém-comprado, com as duas mãos. E arrancou-lhe o sutiã.

Nessa mesma hora, os olhos dele vislumbraram algo preto. Entre os seios dela, havia uma marca em formato de cruz. Assim que colocou os olhos na mancha em forma de cruz, aquele rapaz alto revirou os olhos e caiu instantaneamente desmaiado, soltando espuma pela boca.

A corredora foi até ele e verificou seu pulso. – Nada – disse. Foi uma morte instantânea.

O nome da jovem era Yuri Okada, detetive, faixa-preta grau dois de caratê *kyokushin*.

Yuri respirou fundo. – Bem, agora vou chamar a polícia e a ambulância – disse, e começou a fazer algumas ligações no celular.

– Obrigada por me ajudar – disse dirigindo-se a Agnes, depois de relatar o incidente por telefone. – O sujeito parece estar morto, mas qualquer que tenha sido a causa da sua morte, vou fazer constar que foi em legítima defesa. Não precisa se preocupar.

Yuri ajudou a colegial, que ainda estava deitada no chão, a se levantar. A garota estava em estado de choque, por causa da violência e da tentativa de estupro.

Yuri olhou de volta para Agnes e disse: – As viaturas da Delegacia de Polícia de Tamagawa devem chegar logo, junto com a ambulância. Você se machucou? – Tudo acontecera num piscar de olhos. A cabeça de Agnes estava girando.

– Eu sou policial. Pode deixar que vou cuidar bem da situação. Quando os policiais de Tamagawa chegarem, contem apenas sobre a tentativa de agressão que vocês duas sofreram e não digam mais nada. Fico feliz por vocês não terem se machucado – disse Yuri.

– Humm, será que sou culpada do assassinato? – Agnes perguntou.

– Vamos dizer só que o cara teve um ataque cardíaco enquanto você lutava com ele para se defender. Isso será suficiente, Agnes – Yuri sugeriu.

Agnes ficara impressionada com a habilidade da detetive em lutar caratê *kyokushin*, mas ficou mais perplexa ainda com a grande intuição da jovem em perceber quem ela era.

Mais tarde, chegaram também os colegas de Yuri, na hora em que Agnes dava seu depoimento formal na Delegacia de Polícia de Tamagawa.

Os colegas eram o líder da equipe, Junichi Yamasaki, e o detetive Doman Yogiashi, junto com o detetive Mitsuru Noyama, que viera de Nagoya em visita a Tóquio.

Os policiais repreenderam os três rapazes pelo uso de violência dizendo: – Nunca subestimem uma jovem policial. Acharam que seria fácil vencê-la, não é?

– Muito bem, então – disse Nakamura, um policial veterano da Delegacia de Polícia de Tamagawa, dirigindo-se a Yuri: – Quer dizer que você espancou um rapaz até a morte? – e Yuri respondeu: – Ele provavelmente tinha alguma doença crônica ou algo assim. Também pode ter sido um ataque cardíaco.

– Como foi que o taco de metal se partiu em três pedaços? O caratê *kyokushin* é tão poderoso assim? – perguntou Kimizuka, outro policial da delegacia.

– Parece que é – acrescentou o chefe Yamasaki. – Quer dizer, eles conseguem até arrancar o gargalo de uma garrafa de cerveja ao darem um golpe só com a mão.

Doman ficou surpreso ao ver Agnes. Mas não abriu a boca, depois que Yuri lhe fez sinal para ficar quieto.

— Mande saudações minhas ao diretor. Vamos cuidar dessa jovem que ajudou a detetive Okada — disse Yamasaki, enquanto sua equipe saía rapidamente.

Santa Agnes estava agora sob os cuidados da equipe Yamasaki da Primeira Divisão de Investigação Criminal.

Talvez tenha sido o assassinato, especulava Agnes vagamente enquanto seguia dentro da viatura policial.

15.

Santa Agnes, também conhecida como Suzu Nomura, chegou pela primeira vez ao quartel-general do Departamento de Polícia Metropolitana de Tóquio, perto do portal Sakurada-mon. A equipe Yamasaki queria fazer um interrogatório altamente confidencial antes da reunião oficial da investigação conjunta daqueles casos de assassinatos em série.

Junichi Yamasaki, comandante da equipe Yamasaki, chefe e inspetor, postou-se diante de Suzu Nomura.

Yuri Okada sentou-se à sua mesa, atrás de Yamasaki, formando um ângulo reto, e ficou digitando no computador a transcrição da conversa.

– Isso será mantido como uma investigação sigilosa até que todos os detalhes desses casos únicos sejam revelados – disse Yamasaki. – Você foi convidada para vir aqui voluntariamente; portanto, isso significa que não foi detida. Mas este caso está relacionado a vários outros casos que a polícia está investigando, então peço desculpas por precisar submetê-la a essa amolação durante alguns dias, já que é uma testemunha material.

— Sou uma assassina? — Suzu perguntou.

— Em vez de responder, gostaria primeiro de agradecer — disse Yamasaki. — Graças à sua habilidade, a detetive Okada não foi atingida por um taco de metal. Mesmo um faixa-preta de terceiro grau de caratê *kyokushin* ficaria com alguns ossos quebrados se tivesse sido golpeado por um taco de metal.

— Hã, eu sou faixa-preta de segundo grau— interveio Okada. — Dizem que um faixa-preta de terceiro grau seria capaz de matar Antonio Inomoto (um lutador profissional) no seu auge.

— Certo, certo, mas, detalhes à parte, a detetive Okada testemunhou que, quando você estendeu os braços e ficou com as mãos espalmadas recitando algum feitiço, o taco de metal de Tanimoto, o líder do bando, partiu-se em três pedaços. Este é o relato de uma testemunha ocular, uma policial, portanto é confiável, e com certeza o taco de metal recolhido como evidência está mesmo partido em três pedaços. Segundo o laboratório de criminalística, um taco de metal não pode ser quebrado apenas com três golpes, nem mesmo pelo martelo de um lenhador profissional. A detetive Okada está afirmando, portanto, que você é uma paranormal.

— O que é uma paranormal?

— É assim que nos referimos a pessoas com poderes sobre-humanos, com alguma aptidão psíquica especial ou poderes paranormais.

— Não entendo o que quer dizer. Eu simplesmente rezei ao Senhor. Quanto ao poder que vem com uma oração, é melhor você perguntar àquele descendente de *onmyoji* que está ouvindo do outro lado desse vidro espelhado.

— Bem, então você também é clarividente. Quer dizer que conseguiu ver o detetive Yogiashi que está do outro lado desse espelho?

– Sim, e também há ali um detetive de Nagoya, junto com um superior, o diretor Sugisaki, e o chefe da Primeira Divisão de Investigação Criminal, não é isso?

Houve uma agitação do outro lado do vidro espelhado. – Talvez ela tenha mesmo todos esses poderes – disse o diretor.

– E é por isso que essa questão envolve um *onmyoji* – disse o detetive Yogiashi.

– Na realidade, estamos aqui quebrando a cabeça por causa de três incidentes – disse Yamasaki, recuperando a serenidade. – O primeiro é o assassinato de um fuzileiro naval dos EUA no parque Arisugawa, em Hiroo. O segundo é o assassinato de um atleta em Odaiba. O terceiro é um caso de assassinato no parque Yoyogi. Na verdade, ainda não está confirmado que esses casos sejam realmente assassinatos. Mas são casos fatais. Os três homens eram muito fortes, e foi como se os três tivessem sido de repente levados embora por um *shinigami*, bem na hora em que estavam prestes a estuprar mulheres. Você sabe de alguma coisa a respeito disso?

— Puxa, senhor Yamasaki, o senhor é um cavalheiro. Por que não me pergunta diretamente se fui eu que fiz isso?

— Os policiais não vão rotular uma boa cidadã de assassina a não ser que tenham alguma prova concreta disso. Mas foi muito repentina a maneira como Tanimoto, o líder daqueles quatro delinquentes, morreu, junto à margem do rio Tama. Eu notei uma semelhança.

— Não tenho armas e não sei lutar caratê. Ele morreu, foi isso, simplesmente. Fui freira por vários anos; não é possível que tenha me transformado de uma hora para outra numa assassina sanguinária, se é isso o que está insinuando.

— Sabemos que você é chamada de Santa Agnes. Também ouvimos boatos a respeito de vários milagres que você realizou. Mas essas são questões internas da Igreja. A menos que pudéssemos registrar um caso de fraude, nós, da polícia, não temos permissão de interferir, já que a liberdade religiosa é garantida pela Constituição do Japão. Não cabe à polícia decidir se é possível ou não que ocorram milagres nos dias atuais.

– Eu não me lembro de nada do que aconteceu comigo até meus 18 anos. Vivo agora como Suzu Nomura, mas não sei nem mesmo meu nome de nascimento. Ao que parece, fui violentada por quatro jovens numa noite de tempestade terrível. Eles ainda não foram pegos. Eu poderia ajudar na sua investigação se os quatro criminosos fossem pegos.

– Bem, isso significa que você vai oferecer sua aptidão paranormal para ajudar a nossa investigação criminal, certo? E, se for assim, vou me tornar um "detetive mediúnico de Tóquio", no estilo do *Livrai-nos do Mal*.

– O que é isso?

– É um filme chamado *Livrai-nos do Mal*. É ambientado em Nova York e fala do uso de poderes sobrenaturais e aptidões mediúnicas para ajudar a investigar casos de assassinato. O Japão ainda não implementou oficialmente nada desse tipo; aqui tudo se baseia ainda em evidências forenses.

– Bem, eu estou cansada demais hoje. Podemos encerrar e continuar amanhã?

– Tudo bem. Ah, detetive Okada, por favor, poderia arrumar um abrigo especial para ela? – disse Yamasaki.

– O Banco do Japão tem um alojamento para mulheres perto de Shibuya, e atrás dele há um abrigo feminino – disse Okada. – Fica dentro das instalações do alojamento do Banco, por isso ninguém vai descobrir que há ali pessoas que têm alguma relação com a polícia. O Banco do Japão é muito bem vigiado. Nem gangues nem ladrões conseguem entrar ali. Só precisamos arrumar também uma policial à paisana.

– Certo, Yuri, então vamos deixá-la morando lá por alguns dias. E você poderia também cuidar da muda de roupa dela e da comida? – Yamasaki perguntou.

– Sim, farei isso – disse Okada.

Agnes foi liberada por volta das 11 horas da noite. Desejava muito ter uma boa noite de descanso no abrigo. Estava esgotada demais depois de ter chegado ao seu limite físico e mental com os eventos daquele dia.

16.

Naquela noite, Agnes não conseguiu dormir bem. Houve aquele incidente junto ao rio Tama, e ela foi levada numa viatura policial. Não era uma detenção oficial, mas isso não mudava o fato de que foi levada sob custódia. Estava praticamente sendo tratada como suspeita.

Agnes estava tão cansada que acabou caindo no sono pouco depois da 1 hora da manhã. Mesmo assim, não conseguiu dormir bem, e por volta das 3h30 da manhã já estava levemente acordada.

E foi nesse exato momento que aconteceu. Alguém montou em cima dela, uma perna de cada lado do seu corpo, por cima do seu cobertor fino, e mãos negras começaram a estrangulá-la.

Ela não conseguia mover o corpo. Sentia um peso enorme pressionando seu peito e seu estômago. Duas mãos a sufocavam, a direita agarrando a parte de cima da sua garganta, enquanto a esquerda prendia a parte de baixo.

"Talvez seja paralisia do sono", pensou Agnes.

Mas abriu bem os olhos e procurou ver. Não, não estava sonhando. As cortinas mais grossas do quarto estavam abertas, e apenas as cortinas finas de renda estavam fechadas. A luz do luar brilhava levemente no quarto. "Essa coisa que está me prendendo na cama, será que é um invasor?", pensou. De qualquer modo, não era possível ignorar o fato de que dois braços negros estavam estrangulando seu pescoço, que aquela coisa tinha uma cabeça que parecia uma sombra, e um corpo, apesar de ser translúcida da cintura para baixo. "Não pode ser humano", pensou.

Nesse momento, ouviu uma voz de homem.

– Naquela noite de tempestade, você desejou: "Deus, por favor, mate aqueles quatro malditos", não foi?

O homem das sombras tinha dois chifres que saíam da cabeça. Seus olhos estavam injetados, com uma estranha cor vermelho-escura. Presas projetavam-se da sua boca: duas da arcada superior, outras duas da inferior.

— Receio ter que lhe dizer que, embora eu seja um deus, sou o deus da morte, isto é, sou um *shinigami*. Em Nagoya, enquanto você gritava, fez um pedido a Deus, então matei quatro homens em Tóquio para você. Todos os quatro eram dessa mesma laia de humanos animalescos cujo único propósito é estuprar. Não mereciam viver. É muito natural que fossem levados para o outro mundo. E vou mandá-los para o Inferno das Bestas, para que reencarnem como animais nas suas próximas vidas. Serão mortos por caçadores ou abatidos e comidos, como porcos e vacas. E então: está feliz agora? Esta é a resposta à oração que você fez a Deus.

Agnes ficou sem fôlego, e falou com a voz do coração.

— Se matei alguém, sou eu que devo pagar por meus pecados. Nunca tive a intenção de contratar um *shinigami*.

— Sim, sim, você foi um modelo de pessoa até seu último ano do ensino médio. Queria ser advogada e proteger os fracos, sei disso. Mas, veja o que aconteceu. Nem o Deus do cristianismo nem Jesus ajudaram você. Seu uniforme escolar foi rasgado por quatro rapazes, e eles, num estupro coletivo, roubaram-lhe a virgindade que você tanto prezava. Pouquíssimas mulheres, menos de uma entre dez mil, perdem a virgindade desse jeito. Tenho certeza de que o assassinato em Hiroo, o assassinato em Odaiba, o assassinato no parque Yoyogi, e agora o assassinato no rio Tama não serão suficientes para você se livrar do seu ressentimento. Eu pergunto: você ainda quer que eu mate os quatro estupradores que a agrediram? Você até já pagou o preço. Sofre de amnésia. Perdeu a família. Perdeu a esperança. Só o que você tem agora é o desejo de vingança – disse o *shinigami.*

– Parece que você não é um *shinigami* comum – disse Agnes. – É um demônio. Eu tenho um passado triste, mas um raio atingiu a velha cerejeira e perdi a consciência. Depois disso, fui trazida de volta à vida pelo bons cuidados de pessoas acolhedoras, e graças ao poder de Deus me tornei uma freira com o nome de "Agnes". Deus nunca me abandonou. Além disso, fui dotada de um poder místico que eu mesma nem sei explicar. Eu me sinto muito feliz por ter encontrado a religião.

– Ah, essa é uma mentalidade muito boa – disse o demônio. – Mas seu querido arcebispo de Tóquio ficou com ciúmes. Ele quer provar que seus poderes espirituais vêm do diabo, então você não poderá mais voltar à Igreja. Afinal, você fugiu. Por acaso tem planos de viver a vida como uma vidente enganadora? Ou ficar presa a um emprego de meio período numa floricultura? Ou vai acabar sentenciada à pena de morte como uma assassina em série responsável por quatro mortes? Qualquer dessas opções significa aceitar ter uma vida medíocre.

– Por favor, pare. São os meus pensamentos e as minhas ações que têm que ditar a minha vida. Mesmo que você seja de fato um *shinigami* ou um demônio, não serão entidades espirituais do outro mundo que vão determinar o que eu devo fazer.

— Você parece ter amadurecido um pouco, apesar de ser ainda tão jovem. Mas, veja bem, seu pai parou de trabalhar numa grande empresa jornalística depois que você desapareceu. Ele está procurando você em Nagoya e Tóquio disfarçado de jornalista *freelancer*. O nome de seu pai é Michio Taneda, e ele foi vice-diretor de um grande jornal. Está prestes a se divorciar porque seus pais acabaram tendo problemas de relacionamento nesse tempo todo que continuaram procurando você. Seu irmão mais novo, é Norio o nome dele, não? Ele largou o ensino médio antes de se formar e trabalha meio período entregando jornais e também fazendo bicos em canteiros de obras. Sua mãe, Nobue, costumava dar aulas de arranjos florais, mas depois que tentou o suicídio enforcando-se, perdeu seus alunos, que ficaram muito assustados com isso. E tem mais. Outro dia, seu pai comprou uma faca de cozinha. Ele está planejando esfaquear os estupradores se por acaso os encontrar em suas andanças por aí à sua procura.

– Chega. Não quero mais ouvir as palavras de um demônio. Não quero ouvir nenhuma voz a não ser a de Jesus, a da Virgem Maria, ou a do Senhor Deus, a quem Jesus ama. Suma daqui, Satã!

A noite foi lentamente dando lugar ao dia.

Houve uma batida na porta, e uma policial à paisana veio oferecer o café da manhã a Agnes.

– Preparamos um carro comum com chapa fria e ele vai chegar por volta das 8 horas; então, por favor, a essa hora vá até o portal Sakurada-mon. A detetive Okada virá pegá-la – disse a policial.

– Por favor, avise que tenho algo para falar hoje com o detetive Doman Yogiashi – Agnes comunicou.

Às 7h55, uma van estacionou silenciosamente perto do dormitório do Banco do Japão, em Daikanyama.

O segundo dia havia começado.

17.

Doman Yogiashi já estava aguardando na sala de interrogatório. Atrás dele, Yuri Okada começava a arrumar suas coisas numa mesa de aço para gravar a conversa no computador.

– Agradeço muito você ter me requisitado – disse Yogiashi.

Yamasaki e os demais observavam os dois por trás de um vidro espelhado, sem serem vistos. Agnes falou primeiro:

– Você poderia me ajudar a organizar meus pensamentos? Não consegui dormir bem depois das 3h30 da manhã. Primeiro, fui atacada por um *shinigami*, e depois por um demônio. Imaginei que você poderia me dar algumas sugestões para conseguir entender melhor tudo isso. Você se formou pelo Departamento de Religião da Universidade de Quioto e é descendente de um *onmyoji*, certo? Acho que você deve ter muito conhecimento de assuntos espirituais.

— Sim, acho que entendo bem as teorias básicas da maioria das religiões — budismo, xintoísmo japonês, cristianismo, judaísmo e islamismo — disse Yogiashi.

— Existem mesmo castigos e maldições espirituais?

— Sim, claro que existem. Minha família ainda trabalha como *onmyojis* modernos neste nosso atual Período Reiwa. Meu pai é formalmente um sacerdote xintoísta, mas, na realidade, ao fazer parte da 36ª geração de Doman Ashiya, ele afasta as punições e maldições espirituais e realiza *kigans*, ou rituais de prece, para casamentos ou para que pessoas doentes se recuperem. Disseram-me para assumir o posto de meu pai como membro da 37ª geração, quando não tiver mais este emprego de detetive. Ele sempre me diz que provavelmente no meu setor de trabalho há um monte de espíritos de mortos ou de *ikiryos*, isto é, espíritos de pessoas vivas, já que a divisão lida com muitos casos de assassinato.

— Detetive Doman — interveio Okada. — Quer realmente manter essa declaração nos registros? Eu não gostaria que as revistas semanais de fofocas escrevessem a nosso respeito dizendo que somos "detetives espiritualistas". O senhor Yamasaki talvez o repreenda por isso mais tarde.

– Sim, sei disso, mas essa é a ocupação da minha família e quero que esta conversa com a senhora Agnes ocorra de maneira franca. Então não vejo problema – disse Yogiashi.

Agnes mexia as pernas inquieta, cabisbaixa, olhando para seu terninho preto e seus tênis brancos. Após um breve silêncio, decidiu falar.

– Aquele *shinigami* disse que tirou a vida de quatro pessoas, em Hiroo, Odaiba, Yoyogi e agora no rio Tama. Disse também que as matou porque quando fui violentada em Nagoya gritei: "Ah, meu Deus, por favor, mate esses quatro malditos". Então, o *shinigami* matou os quatro. Acredita nisso? Acha possível um assassinato ser projetado em outra pessoa dessa maneira?

– Humm, este assunto está fora da alçada da polícia. Prender um *shinigami* por assassinato é algo que só acontece nos mangás. Eu tenho bastante interesse, Agnes, em saber se é possível uma pessoa morrer instantaneamente quando você deseja que isso aconteça. Do ponto de vista de um *onmyoji*, isso pode acontecer com um "super-homem" do nível de Abe no Seimei, mas a ciência moderna talvez não seja capaz de provar isso em termos de causa e efeito. Cada um daqueles cadáveres estava deitado de costas, com os olhos revirados e espumando pela boca, então você poderia achar que é semelhante à possessão demoníaca mostrada naquele filme *O Exorcista*. Mas aquilo, afinal, é só um filme. É difícil determinar quais daquelas cenas são reais e quais são pura ficção. Se as mortes tivessem sido causadas pela sua maldição, os quatro rapazes que estupraram você deveriam ter morrido de algo como um acidente de trânsito, suicídio ou vítimas de um incêndio criminoso.

Okada limpou a garganta. – Senhor Doman, estamos no Departamento de Polícia Metropolitana, não num santuário.

– Seja como for, não temos como explicar a conexão entre os quatro homens em Nagoya e os quatro em Tóquio. Então, você admite que sofreu um estupro coletivo antes de se tornar freira em Nagoya? – Yogiashi perguntou a Agnes.

– Não dá para confiar muito na minha memória, mas acredito que tenha sido assim que me tornei freira na Igreja, sob a orientação de Deus.

– Existe mais alguma coisa que esteja atormentando você?

– O *shinigami*, ou o demônio que causou minha paralisia do sono, mencionou que eu tinha intenção de me tornar advogada, que meu pai abandonara o emprego de repórter para se dedicar a procurar por mim e encontrar os estupradores em Nagoya e Tóquio, que minha mãe tentou suicídio e que meu irmão mais novo abandonou o colegial e agora está entregando jornais. Mas, no catolicismo, somos ensinados que nos exorcismos não devemos dar ouvidos às palavras dos demônios, então simplesmente rezei e rezei para que ele fosse embora. Eu cairia na armadilha do inimigo se permitisse que minha mente fosse perturbada.

– A polícia cuidará disso e verá se há alguém que corresponda à sua descrição – disse Yogiashi. – A única evidência concreta que temos de momento é que você tentou salvar a detetive Okada junto ao rio Tama; que estendeu os braços e rezou; que o taco de metal do quarto homem, que parecia ser o chefe, partiu-se em três pedaços e que a detetive foi salva; e que ele ficou tão furioso com isso que tentou estuprá-la e matá-la, mas em vez disso morreu instantaneamente sem nenhum ferimento nem arma envolvida. E, finalmente, sabemos que essa nossa detetive aqui assistiu a toda a sequência de eventos do começo ao fim.

– Acho que foi Deus ou Jesus que me salvou.

– Os especialistas da Divisão de Identificação estão interessados no taco de metal como evidência física, aquele taco que foi quebrado em três – acrescentou Yogiashi. – Há um episódio que talvez você conheça. Quando um monge budista chamado Nichiren estava prestes a ser decapitado como criminoso, na praia de Yuigahama, em Kamakura, a espada de quem ia executá-lo de repente desintegrou-se em pedaços. Não puderam cortar-lhe a cabeça. Isso na realidade havia sido previsto no Sutra Kannon, que faz parte do Sutra do Lótus budista. Ali se descreve o mérito espiritual de acreditar no Sutra do Lótus – mérito que fez a espada se partir em pedaços ao tentarem cortar a cabeça do praticante.

– Isso quer dizer então que recebi o poder da deusa Kannon ou o poder dos anjos? – quis saber Agnes.

– É nisso que eu quero acreditar. Infelizmente, hoje em dia a polícia, os juízes e os promotores não acreditam em nada que esteja fora das leis ou de documentos legais. Para mim, ficaria muito mais fácil entender o caso se o taco de metal tivesse sido partido pelo golpe de caratê da detetive Okada e se o homem tivesse morrido instantaneamente com um soco dela na boca de seu estômago.

A detetive Yuri Okada nessa hora ficou furiosa. Fechou com força a tampa de seu *notebook* e se levantou.

– Como ousa dizer uma coisa dessas, seu pseudomonge de araque! Está dizendo que sou uma assassina? Acredita que sou capaz de matar ursos? Está me vendo como uma alienígena? Posso matá-lo aqui, agora mesmo. Vamos deixar bem claro quem é mais forte: um faixa-preta de segundo grau de caratê *kyokushin* ou um faixa-preta de terceiro grau da Federação Japonesa de Caratê!

O detetive Yamasaki abriu a porta de repente e entrou. A preocupação do diretor era que esse caso acabasse ficando sem solução.

18.

Um médico do Hospital da Polícia foi convocado a ir até uma sala reservada no Hotel Okura, para não chamar a atenção. Ali estava Agnes, descansando um pouco, quando um homem ligeiramente calvo, o doutor Kikuchi, entrou junto com os detetives Yamasaki e Okada. Um pouco depois chegou o detetive Yogiashi, vestindo uma malha de lã. A sala era mobiliada em estilo discreto, um pouco antiquado, com um tapete cor vinho, cadeiras de madeira e um sofá marrom-escuro. Um sofá-cama havia também sido preparado para Agnes.

É de praxe solicitar um diagnóstico científico feito por um médico. Mas como isso não era possível naquele caso, providenciou-se um psiquiatra para realizar uma regressão hipnótica, para recuperar o passado esquecido de Agnes e coletar gravações tanto de áudio quanto de vídeo. A equipe queria obter evidências concretas que pudessem ser levadas ao tribunal – evidências mais confiáveis que o julgamento feito por um *onmyoji*.

– Muito bem, Suzu Nomura. Vou fazer uma regressão hipnótica com você para podermos resgatar sua memória, mesmo que seja apenas parcialmente – disse o doutor Kikuchi. – Vou hipnotizá-la lentamente e aos poucos levar sua memória de volta aos seus dias de adolescente. Por favor, relaxe e siga minhas instruções. O senhor Yogiashi e a senhora Okada irão me ajudar a gravar esta sessão, mas sua privacidade ficará protegida do público.

A intenção é apenas investigar a causa da sua amnésia e compreender o que de fato aconteceu com você. Já fiz isso mais de quinhentas vezes com outros pacientes e nunca ocorreu um único acidente, portanto pode confiar em mim. Na improvável hipótese de uma emergência, ou se você passar mal, vou interromper imediatamente a regressão hipnótica e trazê-la de volta ao estado normal.

– Certo. O que devo fazer? – perguntou Suzu.

– Fique recostada no sofá-cama numa inclinação de uns 30 graus e relaxe, por favor.

Suzu fez como lhe foi indicado. O detetive Doman ficou responsável pelo registro de áudio, e a detetive Yuri encarregada de gravar o vídeo; os dois começavam a se sentir inquietos, mas tentaram relaxar depois que o médico sinalizou para eles com o olhar.

O doutor Kikuchi, vestindo um jaleco branco de laboratório, tirou de um dos bolsos o que parecia ser um relógio de bolso com uma corrente e estendeu o braço direito, segurando a ponta da corrente com os dedos, para fazer o relógio oscilar como um pêndulo. Orientou Suzu a manter os olhos fixos no relógio redondo.

– Vou fazer uma contagem regressiva a partir de dez. Conforme eu for contando, você cairá num sono profundo. Dez, nove, oito, sete, seis, cinco, quatro, três, dois, um. Agora, suas pálpebras estão ficando cada vez mais pesadas e você está entrando num sono profundo – disse o doutor Kikuchi.

O Estigma Oculto 1 <O Mistério>

Aos poucos, Suzu começou de fato a entrar num sono profundo.

– Você está no seu último ano do ensino médio. Está voltando a pé para casa. No dia da tempestade e do relâmpago, o que aconteceu com você? – perguntou o doutor Kikuchi.

– Eu era aluna do último ano do ensino médio da Escola Rakuyo. Naquele dia, não precisava ir à escola preparatória, e pretendia chegar em casa um pouco depois das 4 horas e ajudar minha mãe, Nobue Taneda, a preparar o jantar.

Eu estava caminhando pela margem de um rio estreito e encontrei um estudante que acabara de torcer o tornozelo. Ele me disse: "Minha casa é aqui perto. Você me ajudaria a andar apoiado no seu ombro até lá?". Deixei que ele colocasse o braço direito no meu ombro direito e pus meu braço esquerdo em volta da cintura dele. Andamos uns cinquenta metros. À nossa frente, vi uma casa com a garagem aberta, e ele disse: "Você pode me levar até lá, para eu entrar em casa pela garagem? – Então, ajudei-o a andar até o interior da garagem.

– Havia alguém na garagem?

– Havia duas pessoas que pareciam estudantes. Outra pessoa deu a volta pelas minhas costas e fechou a porta da garagem. Havia uma lâmpada pendurada no teto. A chuva começou a cair mais ou menos nessa hora.

– Eles disseram alguma coisa?

– Um estudante com corte de cabelo moicano, que parecia ser o líder do grupo, disse: "Fique aqui um tempo até parar de chover".

– E o que os rapazes fizeram?

– O rapaz que havia fechado a garagem me empurrou por trás e eu caí em cima de um colchão azul.

– O que eles fizeram em seguida?

– O estudante que estava mancando voltou a andar normalmente e disse: "Você não devia confiar tão facilmente nas pessoas. E agora eu é que vou puni-la, em vez do seu pai". Ele começou a tirar meu uniforme. Tentei resistir, mas os quatro garotos se juntaram para rasgar meu uniforme, e fiquei apenas de camisa.

– Eles apenas tiraram suas roupas?

– Não, então ouvi uma voz que disse: "Gente, a menina ainda é virgem. Vamos celebrar a chegada dela à maioridade". Outra voz disse: "Só três minutos cada um", e me estupraram pela frente e por trás – disse Suzu, enquanto as lágrimas escorriam pelo seu rosto.

– Então foi uma agressão sexual.

– Sim. E durou de vinte a trinta minutos.

– E depois? O que aconteceu?

– Eu sentia dor, e vi que estava sangrando. Um deles ergueu um pouco a porta da garagem, então fugi chorando, apenas com a camisa, debaixo daquela chuva. Corri uns cinquenta metros, subi uma ladeira e vi uma velha cerejeira. De repente, um raio atingiu a árvore e perdi os sentidos. Sem que eu tivesse qualquer noção disso, haviam se passado três dias, e percebi que estava sendo cuidada dentro de uma igreja.

— Então foi assim que nasceu a Irmã Agnes?

— Exatamente.

Agora que o relato de Suzu explicava o caso em Nagoya, tudo iria se alinhar com a investigação do detetive Mitsuru Noyama, pensou Yamasaki.

— Depois que se tornou freira, você manifestou algum poder peculiar? — perguntou o doutor Kikuchi.

— Jesus e a Virgem Maria apareceram para mim várias vezes. Jesus me disse que eu carrego uma cruz desde que nasci.

— O que isso quer dizer?

— Bem, desde o nascimento eu tinha uma marca no peito, no formato da ilha Shikoku no mapa, mas depois que Jesus me revelou isso, a marca se transformou e assumiu o formato de uma cruz.

— E foi quando nasceu a Santa Agnes?

— Isso. Desde então, passaram a acontecer muitos eventos misteriosos à minha volta. Mas não foi por causa do meu próprio poder. Era o poder da fé, de acreditar em Jesus.

O Estigma Oculto 1 <O Mistério>

O doutor Kikuchi encerrou sua regressão hipnótica.

O ponto de Nagoya e o ponto de Tóquio uniram-se para formar uma linha. Yamasaki pensou que agora só precisava colaborar com o detetive Noyama para investigar a família dela, a escola e os amigos, e fazer uma inspeção do local, como numa investigação policial ortodoxa.

A partir desse momento, ela passou a ser chamada por um codinome, "A mulher do estigma" – outra maneira de se referir àquela "mulher dos milagres".

Ficou claro que havia fenômenos paranormais envolvidos naquela história. O caso, portanto, poderia acabar ultrapassando o âmbito policial.

19.

O detetive Mitsuru Noyama voltou a Nagoya por volta do fim da tarde, naquele mesmo dia em que o doutor Kikuchi conduzira a regressão hipnótica. Agora eles sabiam mais algumas coisas sobre Agnes: ela estava no último ano do ensino médio da Escola Rakuyo quando desapareceu, o nome da sua mãe era Nobue Taneda, e ela se tornara freira na igreja. Não seria muito difícil confirmar sua identidade, pensou Noyama.

A primeira coisa que Mitsuru Noyama fez foi procurar uma professora da escola de Agnes, da época em que ela desapareceu. Encontrou uma professora de inglês de 48 anos, chamada Kumiko Horigai.

– Sim, já faz uns seis, sete anos – disse Horigai. – Lembro-me muito bem da Taeko Taneda. Tinha uma pronúncia de inglês excelente. Era uma garota adorável. Lembro-me do seu sorriso, de seus dentes brancos reluzentes. Tirava boas notas e dizia que queria cursar a Faculdade de Direito da Universidade de Nagoya e se tornar advogada para um dia ajudar pessoas carentes. Se não tivesse acontecido esse incidente, agora já teria se formado em direito e seria advogada.

– Como ela se dava com os outros? Havia alguém que não gostava dela ou que a perseguia?

O detetive Noyama, com um corpo robusto de praticante de judô, fazia essas perguntas à antiga professora de Taeko enquanto meio desajeitadamente anotava em seu caderno.

– É difícil imaginar que houvesse quem não gostasse dela – disse Horigai. – Era uma garota pura e intelectual, muito bonita também. Bondosa e carinhosa com todo mundo, sem preconceitos. Além disso, não era do tipo que seduzia os homens, ou que mudava de ideia conforme as conveniências – ou seja, não era uma garota que mudaria sua maneira de ser para se mostrar mais atraente para os homens e fazê-los se interessar por ela. Tampouco era do tipo *nerd*, que ficava isolada dos outros alunos. O pai dela era repórter do *Jornal Chucho*, portanto ela tinha também um forte senso de justiça.

– Se você fosse apontar alguma fraqueza dela, da qual os homens poderiam tirar proveito, qual seria? – perguntou Noyama.

– Acho que seria a compaixão – respondeu Horigai. – Se ela visse um pobre coitado, não conseguia ficar indiferente. Não era alguém com inclinação a qualquer comportamento criminoso, era mais o tipo que ouve uma criança chorando dentro de uma casa em chamas e se dispõe a entrar para salvá-la, mesmo com risco de se queimar ou morrer.

– Você acha que ela não seria capaz de cometer algum tipo de crime, como um assassinato, ou infligir algum golpe em alguém, como uma forma de vingança? – perguntou Noyama.

– Minha intuição me diz que não há a menor possibilidade disso. Ela também era presidente de um clube de arranjos florais, e uma vez, enquanto ela fazia um arranjo, eu a ouvi dizer: "Oh, minha flor, sinto muito se isso estiver doendo. Só quero que todos vejam melhor sua beleza".

– Entenda bem, estou falando hipoteticamente: vamos dizer que ela fosse estuprada por alguns homens desconhecidos – e peço desculpas por abordar um assunto como esse, afinal de contas sou um policial, lido com isso todo dia –, se ela sofresse uma agressão sexual, acha que seria capaz de fugir de casa ou, digamos, acabar se tornando freira num convento?

– Ela não é uma pessoa irresponsável; com certeza iria conversar com os pais ou com os amigos dela. Só posso pensar que o seu súbito desaparecimento não deve ter a ver com problemas na escola ou na família, e sim com algum incidente ou acidente – disse Horigai.

* * *

Noyama pediu que ela fornecesse uma lista de nomes dos velhos amigos de Agnes, homens e mulheres, e em seguida foi falar com cada um deles. Seus testemunhos geralmente alinhavam-se com a descrição dada pela professora, ou seja, que ela não era o tipo de garota que faria inimigos ou que fugiria com um namorado. Tinha 1,58 metro de altura; Noyama ficou sabendo que também jogava tênis na época do ensino fundamental II.

Noyama conheceu a mãe dela, Nobue Taneda. Francamente, parecia mais velha em relação à idade. Concluiu que isso deveria ser pelo acúmulo de estresse e de preocupações dos últimos anos. Ela fazia seu trabalho de arranjos florais duas vezes na semana, mas atualmente tinha apenas três ou quatro alunos.

O marido, Michio Taneda, largara o emprego para virar jornalista *freelancer*, mas como sua renda era instável, eles passavam por dificuldades financeiras. O irmão mais novo de Agnes, Norio, largara o ensino médio logo no primeiro ano e agora pulava de um emprego de meio período a outro.

— Senhor detetive, descobriu alguma coisa a respeito dela? — Nobue perguntou.

— A senhorita Taeko Taneda está sob nossa proteção. Está indo bem. Infelizmente, no momento sofre de amnésia e não se lembra de nada do que aconteceu antes dos seus 18 anos.

— Ela poderia se encontrar com sua família agora?

— A polícia está investigando a relação que ela talvez tenha tido com uma série de crimes muito graves. Ela não poderá encontrar-se com vocês no momento.

— Ah, meu Deus, não, não! Minha filha não pode estar envolvida em crimes graves...

O rosto de Nobue ficou pálido, então Noyama evitou mencionar os casos de assassinato. Despediu-se da mulher e passou à sua próxima tarefa de inspeção na cidade.

A casa em que Taeko Taneda teria sofrido o estupro coletivo havia se deteriorado muito, mas ainda existia. A equipe da Divisão de Identificação realizou uma perícia na garagem e concluiu que, embora não tivesse ocorrido ali um assassinato ou outros danos corporais, uma garota poderia ter sido estuprada no local, com base na quantidade de sangue que restara naquele colchão azul. Mesmo assim, era difícil identificar os agressores. Noyama também confirmou a existência de uma antiga cerejeira que parecia ter sido atingida por um raio, a cerca de 50 metros dali, numa rua com subida íngreme. Taeko devia ter fugido por ali durante a chuva, desmaiado quando um raio caiu perto dela, e perdido a memória a partir de então, pensou o detetive Noyama.

Ele prosseguiu com suas entrevistas no convento de uma grande igreja e descobriu que uma mulher da idade que Taeko tinha na época havia sido acolhida e cuidada pela igreja, e que ela passara a auxiliar nos serviços do convento. Ele mostrou às freiras uma foto recente de Taeko. Várias delas a reconheceram, mas disseram que naquela noite de tempestade Taeko não vestia uniforme escolar e que ninguém sabia quem ela era. Quando Noyama perguntou sobre os milagres de Santa Agnes, as freiras emudeceram. Ao que parece, milagres são segredos da igreja e não podem ser revelados a um leigo.

Enquanto isso, no abrigo de Daikanyama, em Tóquio, Taeko Taneda refletia sobre todos aqueles eventos: um súbito estupro coletivo, família e amigos dos quais não conseguia se lembrar, o raio na noite de tempestade, como se tornara freira da igreja, e como agora estava sendo considerada suspeita de assassinatos em série.

Nem mesmo o arcebispo de Tóquio aceitava que uma mulher estuprada pudesse ser adorada como a Virgem Maria. Taeko pensava que talvez tivesse recebido os poderes do próprio demônio, e fez uma pergunta ao detetive Doman Yogiashi. Ela confiava muito na experiência dele em assuntos religiosos.

– Você acha que uma mulher que foi vítima de um crime está condenada a partir daí a ser uma sedutora, uma mulher fatal, visada pelo demônio, e que não pode encontrar Deus nem os anjos?

Ao ouvir a pergunta, Doman Yogiashi relatou a história da monja budista Uppalavanna, uma renomada discípula do Buda Shakyamuni. Ela era extremamente bela e fora estuprada por vários discípulos que, escondidos no subsolo, a surpreenderam uma noite quando ela voltava de coletar donativos. Os discípulos, é claro, foram destituídos de suas funções e voltaram à vida leiga – a punição mais severa no budismo.

Outros discípulos sugeriram que Uppalavanna também mereceria ser expulsa do sacerdócio por ter cometido adultério.

Buda Shakyamuni perguntou gentilmente a Uppalavanna: "Você sentiu algum prazer quando os homens a estupraram?". Uppalavanna respondeu: "Não senti nenhum prazer". Então, Shakyamuni replicou: "Você não fez nada errado. Pode voltar ao seu treinamento espiritual". Ela não foi punida por violar preceitos. Uppalavanna continuou a se dedicar ao seu treinamento espiritual e se tornou uma monja budista muito conhecida, que possuía os seis poderes sobrenaturais divinos.

Em seguida, Doman contou a Taeko sobre outra famosa discípula da história do budismo: Ambapali, uma ex-prostituta da alta classe. Considerada a mulher mais bonita da Índia, Ambapali era uma prostituta de luxo, que lidava apenas com políticos e burocratas do alto escalão, para usar termos de hoje, mas ela sentia a impermanência do mundo e renunciou à vida mundana para se tornar monja. Era mãe solteira, como muitas que vemos hoje, pois tinha um filho de pai desconhecido. Tornou o filho monge e doou seu jardim Ambapali à ordem de Buda, tornando-se também monja. O Buda Shakyamuni aceitou a doação e a entrada dela na ordem, e há ainda um diálogo entre Ambapali e Shakyamuni registrado num sutra.

Doman comentou que o caso de Santa Agnes era bastante semelhante ao de Uppalavanna.

Há uma teoria no cristianismo que afirma que Maria Madalena, uma prostituta, era amante de

Jesus. Segundo essa teoria, ela seria sua namorada ou esposa. São Pedro, o primeiro papa, não via isso com bons olhos.

Outra teoria diz que o verdadeiro motivo da traição de Judas foi o ciúme que tinha de Maria Madalena pelo amor devotado por ela a Jesus. Quando Maria Madalena untou seus longos cabelos com óleos essenciais caríssimos e usou-os para lavar os pés de Jesus, Judas tomou a decisão de traí-lo. Foi quando o demônio entrou em Judas, segundo dizem alguns. Maria Madalena foi santificada, e existe até uma igreja onde é venerada até hoje.

– Portanto – disse Doman –, acredito que o mais importante é a pureza da mente e a devoção a Deus e Buda. – Era essa a tese que Doman defendia.

Agnes sentiu-se um pouco perdoada por Buda e Cristo. "Talvez eu ainda tenha uma chance de refazer minha vida", pensou.

20.

O detetive Noyama trabalhava noite e dia para esclarecer o paradeiro de Michio Taneda, o escritor *freelancer* pai de Agnes. Ele fora visto em vários cibercafés.

Também ficaram sabendo que Michio Taneda finalmente identificara um dos quatro rapazes que haviam estuprado sua filha. Tratava-se de Goro Ichikawa, um capanga de Daisaku Sato, auxiliar do vice-líder da gangue Família Motoyama, sediada em Shinagawa. Esse Ichikawa estava encarregado principalmente de coletar o dinheiro da proteção que a gangue vendia aos prostíbulos filiados a ela. Às vezes, também se envolvia em traficar mulheres necessitadas de dinheiro para esses locais.

O pai de Agnes havia escrito uma história detalhada sobre a Família Motoyama, mas cavara fundo demais... Num dia chuvoso, parou no Petite Cinderella, um dos bares de mulheres de aluguel sob a proteção da gangue, e depois disso não foi mais localizado. O detetive Noyama consultou Yamasaki e os demais membros da equipe. Se precisassem enfrentar a gangue, teriam de fazer alguma parceria com a Agência de Controle do Crime Organizado e marcar uma reunião para montar uma investigação conjunta. Mas a equipe Yamasaki ainda estava às voltas com vários casos não solucionados.

– Por enquanto, a equipe Yamasaki vai trabalhar sozinha por uma semana – decidiu o chefe Yamasaki. Ele achava que quatro detetives seriam suficientes para resgatar o pai da moça.

Mas Agnes, também conhecida como Taeko Taneda, ouviu algo a respeito do pai quando Noyama deixou escapar que conseguira rastrear o paradeiro do pai dela. Ainda não havia sido declarada suspeita, portanto, estava voluntariamente sob a proteção da equipe Yamasaki, como testemunha importante e colaboradora.

– Se vocês querem encontrar meu pai, por favor, me levem junto. Vão precisar de mim – pediu Agnes.

– Mas talvez você fique envolvida em situações perigosas – disse Yamasaki.

– Eu causei anos de estresse à minha família. Além disso, quem sabe minha memória possa voltar quando eu vir meu pai. – O pedido comovente de Agnes convenceu-os a incorporá-la à equipe, com a condição de que Doman e Yuri se encarregassem de protegê-la, enquanto Yamasaki e Noyama assumiam a liderança para intervir diretamente em qualquer situação mais perigosa que se apresentasse.

Então, de repente, Agnes abriu a boca e disse: "Meu pai está trancado num armazém de uma empresa chamada Imobiliária Motoyama". Ela pedira para acompanhar a equipe porque queria também usar seus poderes paranormais na investigação.

* * *

Yuri e Agnes ficaram no carro enquanto os três homens entravam no prédio da Imobiliária Motoyama.

Depois de um tempo, ouviram um tiro.

— Não se preocupem — disse Yuri. — O senhor Yamasaki é o melhor atirador que temos na nossa divisão. O senhor Noyama é o ás do judô em Nagoya e tem muita experiência em prender criminosos. Doman é faixa-preta de terceiro grau de caratê. Eles podem lidar facilmente com quatro ou cinco membros da gangue.

— Não, não é bem assim. Um deles tem uma metralhadora. Nossos três homens vão correr grande perigo. Acredite em mim. Senhorita Yuri, por favor, me leve até eles — Agnes suplicou.

— Tudo bem, acho que não tenho escolha. Você pode usar seus poderes sobrenaturais à distância, mas deixe o combate corpo a corpo conosco, certo? — disse Okada.

As duas mulheres subiram pelas escadas e pararam ao chegar aos domínios da Família Motoyama. A segurança era mais forte do que haviam imaginado, o que indicava que Michio Taneda poderia estar ali dentro.

Dois membros do bando estavam caídos e cobertos de sangue. Haviam sido baleados, mas de uma maneira que não era fatal. Provavelmente haviam sido alvejados por Yamasaki. Também havia dois homens nocauteados.

O detetive Noyama deve ter usado suas técnicas de judô com eles. Mas ainda havia outros seis indivíduos. Suspeitava-se que o chefe da Família Motoyama, Torazo Motoyama, estivesse ali, numa sala ao fundo.

Havia um rapaz com uma metralhadora, outro com uma catana, mais um com uma pistola e outros com espadas de madeira.

A equipe Yamasaki parecia estar às voltas com a metralhadora e com a espada japonesa. Yamasaki pensou: "Será que eu deveria ter chamado a Equipe Especial de Ataque?".

Agnes caminhou em direção à quadrilha sem hesitar.

– Você está louca?! – e não foram os detetives que gritaram isso, mas os homens da Família Motoyama.

Primeiro, o espadachim japonês partiu para cima

de Agnes para retalhá-la, mas Agnes destroçou a catana em cinco pedaços.

Em seguida, o homem com a metralhadora disparou uma rajada de balas, e todas elas se desviaram dos alvos e atingiram as paredes, o teto e as janelas. Agnes agarrou o cano da metralhadora do homem e torceu-o como se fosse feito de goma.

Ao ver isso, o bando rendeu-se. O homem que segurava a pistola e os outros homens armados de espadas de madeira largaram suas armas no chão. Foram imediatamente algemados.

Agnes abriu a sala dos fundos com um pontapé na porta. Ela torceu os braços do chefe da quadrilha e empurrou sua cabeça para cima em direção ao teto, o que fez o homem desmaiar.

O pai dela, Michio Taneda, estava trancado num depósito nos fundos.

– Pai, me desculpe – disse Agnes, enquanto removia sua mordaça e desamarrava as cordas que o prendiam. Os outros quatro integrantes da equipe algemaram os membros da gangue e pediram reforços de outras equipes policiais e de ambulâncias.

O pai precisou ficar hospitalizado por um tempo. Os quatro membros da equipe Yamasaki ficaram absolutamente perplexos com os poderes paranormais de Agnes. Havia sido exatamente do jeito que Yuri Okada testemunhara.

O caso parecia ter avançado, mas as coisas não eram tão simples. No prédio em frente, um homem havia observado todos aqueles eventos do início ao fim por uma janela. Era Mitsuo Maejima, um agente do MIBJ. Ele gravara um vídeo de Agnes e enviou-o ao Ministério da Defesa.

Naquele dia, eles confirmaram que um dos membros da gangue era um dos participantes do estupro coletivo de Agnes em Nagoya. Agnes, por sua vez, não voltou para seu abrigo em Daikanyama.

Na verdade, os agentes do MIBJ a haviam levado embora da Primeira Divisão de Investigação Criminal.

A história entrava agora em outro estágio.

21.

O carro preto blindado entrou no acampamento das Forças de Autodefesa de Ichigaya em vez de se dirigir ao Ministério da Defesa. Eles haviam conseguido escapar da perseguição de várias viaturas da polícia com suas luzes vermelhas piscando. O céu já escurecia.

– Até mesmo policiais precisam de permissão para entrar num acampamento das Forças de Autodefesa. Vou pedir que você coopere conosco aqui – disse Maejima.

– Eu ainda tenho coisas a resolver com cada um dos membros da divisão – disse Agnes. – E também preciso reencontrar minha família. É possível que eu seja uma criminosa, então talvez tenha que pagar pelos meus pecados.

Ela não tinha certeza de como havia caminhado por aquele edifício do acampamento até chegar a uma sala bem específica.

Agnes foi escoltada até uma sala de uns 30 metros quadrados, onde o diretor-geral Hideki Takahashi, comandante do MIBJ, aguardava sua chegada.

– Sinto por termos abordado você de modo tão agressivo. Neste momento, o Japão está no meio de uma crise. Não é hora de ficar investigando casos de assassinato. Sou o diretor-geral do Gabinete de Inteligência de Missões Especiais, ligado ao Ministério da Defesa. Já temos conhecimento de seus poderes especiais – disse Takahashi.

Outro homem deu um passo adiante. Era Takao Hirose, chefe de pessoal da Força Aérea de Autodefesa.

– Santa Agnes – chamou-a por seu nome religioso. – Agentes secretos da CIA e do KGB, assim como da Coreia do Norte e da China, estão infiltrando espiões no Japão. Com base em nossa pesquisa, sabemos que um dos espiões inimigos tem poderes paranormais e consegue replicar as aptidões especiais de outros médiuns e pessoas dotadas desses poderes. É por isso que não podemos permitir que seus poderes sejam vistos fora desta base da Força de Autodefesa.

Nessa hora, um míssil balístico intercontinental (MBIC) foi lançado da Coreia do Norte numa trajetória elevada, que iria alcançar 6 quilômetros de altitude antes de cair. Ele caiu perto da área em que os mísseis PAC-3 estavam instalados, no Acampamento Ichigaya. Felizmente – embora isso possa não ser um comentário apropriado – não se tratava de um míssil nuclear.

Mas havia fogo por toda parte no interior da base.

Era uma situação de emergência. Os portões foram abertos, e carros de bombeiros e ambulâncias entraram uns atrás dos outros.

Numa das ambulâncias, disfarçados, vinham Yamasaki e os outros três.

Eles haviam recebido uma missão sigilosa do superintendente-geral: "Resgatem Taeko Taneda do Ministério da Defesa". A ordem havia sido aprovada também pelo comissário-geral da Agência Nacional de Polícia.

– Eles se aproveitaram daquele nosso caos após o incidente com a Família Motoyama e a levaram embora, alegando que eram uma autoridade de alto escalão do Ministério da Defesa – disse Yamasaki. – Mas, como o superintendente-geral do Departamento de Polícia Metropolitana de Tóquio nos mandou trazê-la de volta, vamos cumprir nosso dever mesmo tendo que lutar contra a Força de Autodefesa.

– Isso mesmo! Vamos em frente – os outros três disseram.

Eles correram entre as chamas, cada um usando um capacete e um jaleco branco e carregando uma arma no bolso. De alguma maneira, o detetive Doman conseguia ouvir claramente a voz telepática de Agnes e eles localizaram com facilidade a sala onde ela estava.

Abriram a porta com um pontapé. Tanto os oficiais do Ministério da Defesa quanto da Força de Autodefesa ficaram desnorteados com aquela visão da polícia de jaleco branco e capacete.

O detetive Noyama aproveitou a oportunidade para derrubar no chão o diretor-geral Takahashi e algemá-lo. A detetive Okada derrubou Mitsuo Maejima com um chute giratório, e colocou-lhe algemas assim que voltou a ficar em pé, com uma perna de cada lado do corpo dele. Yamasaki acertou a cabeça do chefe de pessoal da Força Aérea de Autodefesa com um bastão extensível, o que fez o militar perder os sentidos na mesma hora. Os outros dois também foram algemados.

Os quatro membros da equipe Yamasaki e Agnes respiraram aliviados.

– Muito bem, agora vamos sair daqui – disse Yamasaki.

Nesse instante, membros da Força de Autodefesa invadiram o local usando máscaras de gás e coletes à prova de balas. Dispararam bombas de gás lacrimogêneo. Os integrantes da equipe Yamasaki não conseguiram se mexer. A Força de Autodefesa achou que Yamasaki e os outros fossem agentes secretos de países inimigos. Nunca poderiam imaginar que policiais japoneses atacariam oficiais de alta patente do Ministério da Defesa e da Força de Autodefesa do país. O motim dos detetives havia sido registrado pelas câmeras de vigilância.

Cerca de cem balas foram disparadas por duas metralhadoras. Doman Yogiashi foi baleado no olho esquerdo e desmoronou. Mitsuru Noyama foi ferido duas vezes na coxa direita e também caiu ao chão.

O chefe Yamasaki erguia seu distintivo de policial bem alto com a mão direita quando foi alvejado dez vezes em vários pontos do corpo. Morreu instantaneamente.

Nessa hora, Agnes, que estava agachada, levantou-se. Ergueu a mão direita na direção de onde provinham cinco balas destinadas a atingir a detetive Yuri Okada e desviou a trajetória delas.

Yuri Okada então gritou: "Somos da Primeira Divisão de Investigação Criminal do Departamento de

Polícia Metropolitana de Tóquio!". Ela lançou voadoras nos dois oficiais com metralhadoras, desferindo chutes no rosto deles.

Foi quando uma bala que tinha Yuri como alvo passou voando rente à cintura dela e penetrou no peito de Santa Agnes, ou Taeko Taneda. Nem mesmo Agnes conseguiu ver a bala chegando.

Depois de derrubar os dois homens com metralhadoras, Yuri Okada correu até Agnes. O peito dela estava manchado de sangue.

– Você não pode morrer, não pode morrer! – Yuri repetia, enquanto rasgava as roupas de Agnes para examinar o ferimento no seu peito. Havia uma mancha em forma de cruz preta entre os seus seios.

Uma bala atingira o ponto de interseção da cruz e dali escorria muito sangue. A bala com a qual Agnes foi atingida teve sua direção desviada e saiu de seu corpo, caindo à direita.

– Agnes, você irá se salvar –. Yuri sentiu-se aliviada.

— Senhorita Yuri, não olhe para a cruz — disse Agnes.

— O quê? Como assim?

Essas foram as últimas palavras de Yuri. Ela então revirou os olhos, começou espumar pela boca e caiu para a esquerda.

Agnes sabia que também iria morrer logo. Estava perdendo muito sangue.

— Eu queria salvar a senhorita Yuri —. Ao dizer isso, seu pescoço, sem força, pendeu para o lado.

Este incidente foi um confronto entre a Agência Nacional de Polícia e o Ministério da Defesa e a Força de Autodefesa, portanto precisava ser mantido em segredo, fora do alcance da mídia e do público em geral.

A mídia reportou apenas que muitas pessoas haviam sido mortas por um MBIC lançado pela Coreia do Norte.

O primeiro-ministro estava escondido; portanto, o secretário-chefe do Gabinete, Koichi Mamiya, realizou uma coletiva de imprensa em seu lugar.

– Queremos protestar veementemente contra o comportamento violento da Coreia do Norte. O governo japonês tomará uma decisão oficial na próxima reunião do Parlamento, e no prazo de um ano desenvolverá um míssil de longo alcance, para defesa e dissuasão – disse Mamiya.

Mamiya não sabia ainda que cinquenta mísseis haviam sido lançados da província chinesa de Fujian em direção a Taiwan; tampouco tinha conhecimento de que o exército chinês já havia ocupado as ilhas Senkaku e construído da noite para o dia uma base de defesa antiaérea e contra mísseis lançados de navios. Tampouco sabia que bombardeiros da Força Aérea Russa dos Territórios do Norte estavam naquele momento bombardeando a cidade de Sapporo.

O governo japonês, de maneira abrupta e efetiva, parou de funcionar depois de sofrer ataques simultâneos de três países vizinhos – Coreia do Norte, Rússia e China.

Por volta da mesma época, o presidente americano Obamiden estava num campo de golfe, prestes a colocar sua bola no nono buraco, quando foi explodido em pedaços por pequenos mísseis lançados de cinquenta drones.

Isso foi mais ou menos na mesma época em que a Rússia lançou um MBIC em direção ao Reino Unido, Alemanha e França.

O mundo ficou numa situação caótica, sem um líder.

Enquanto isso, as almas de Santa Agnes e Yuri Okada elevavam-se para o céu.

No Templo Sagrado da Happy Science, o Mestre Ryuho Okawa murmurou baixinho: – Agnes está morta. Morrer tão jovem é uma infelicidade, Serafim.

Tóquio estava coberta por um silêncio profundo.

Havia chamas por toda parte, mas tudo parecia um mundo silencioso.

(Fim da história)

22.

O que vem a seguir foi descoberto após o final dessa história. Um último desejo e testamento de Agnes, endereçado ao pai, foi encontrado em uma gaveta da escrivaninha do quarto que Santa Agnes usara como abrigo no alojamento do Banco do Japão, em Daikanyama.

Testamento
Querido Pai, que me criou com amor:

Depois de tudo o que o senhor fez por mim, criando-me com tanto zelo durante dezoito anos, só consigo lhe contar meus sentimentos por meio desta carta. Pode rir de sua pobre filha, se quiser, mas é assim.
    Vou fazer qualquer coisa a meu alcance para encontrá-lo, pai. Tenho certeza de que vou conseguir. Mas, se você estiver lendo isto, significa que já não faço mais parte deste mundo.
    Estive envolvida em vários incidentes no passa-

do, e ainda vou me envolver em outros. É o meu destino, e com o fim dele virá o fim do meu poder e da minha missão.

Vou explicar brevemente o que aconteceu.

Naquele dia, em meu terceiro ano do ensino médio, vi um jovem que estava com a perna machucada. Deixei que andasse apoiado no meu ombro, para que chegasse à casa dele, que era ali perto. Começava a cair uma chuva fina. Depois de entrar numa garagem que estava com a porta aberta e deixá-lo ali, notei que se tratava de uma casa vazia e que havia caído numa armadilha preparada por quatro rapazes. Eles fecharam a porta da garagem, e fui atacada pelos quatro. Perdi minha virgindade. Doeu, fiquei muito envergonhada e pensei em cometer suicídio. Eles me soltaram depois de uma meia hora. Saí correndo, subi uma ladeira, encharcada, vestindo apenas uma camisa. Estava tomada pela vergonha. Ouvi um estrondo de trovão, e com aquela chuva pesada caindo sobre mim rezei a Deus: "Por favor, mate aqueles quatro rapazes". Naquele momento, uma velha cerejeira ali perto foi atingida por um raio, e perdi a consciência. Três dias depois, estava sendo cuidada no convento de uma igreja. Talvez pelo forte choque que havia sofrido, perdi a memória. No convento, deram-me o nome religioso de "Agnes", e por vários anos ajudei as freiras vendendo Bíblias, fazendo biscoitos para levantar fundos e auxiliando em eventos, como bazares.

Uma noite, Jesus postou-se ao lado da minha cama e disse: "Agnes, renasça. Vou imprimir em você a marca sagrada da cruz, como um estigma. A marca de nascença que você tem no seu peito será transformada e assumirá a forma de uma cruz, e você viverá como minha representante. Nunca mais sofrerá uma agressão sexual, mas em contrapartida deverá viver como freira sem nunca se casar, porque quem quer que veja a cruz entre seus alvos seios estará fadado a morrer. Você não deve interpretar isso erroneamente como se fosse o poder do demônio. É para transmi-

tir meus verdadeiros sentimentos às pessoas deste mundo atual, os sentimentos da pessoa que morreu crucificada pela salvação da humanidade. A cruz simboliza "morte e ressurreição".

Depois disso, realizei vários milagres em Nagoya, mas Sua Excelência, o arcebispo Inácio, de Tóquio, convocou-me à sua presença por suspeitar de mim. Queria saber se o que eu manifestava era o poder do demônio ou o poder de Deus.

Segui para lá, mas ao chegar à estação Tóquio decidi fugir no último minuto. Perambulei por vários parques. Durante esse tempo, quase fui estuprada de novo por homens no parque Arisugawa, em Odaiba, e no parque Yoyogi. Mas, assim que eles deixaram meus seios à mostra e viram o estigma, reviraram os olhos e espumaram pela boca. Todos morreram.

Por causa disso, fui perseguida por membros da Primeira Divisão de Investigação Criminal, que suspeitavam que eu fosse uma assassina em série. Durante um tempo, fiquei escondida, trabalhando num cabaré e numa floricultura. Mas minha capacidade de realizar milagres vazou para o MIBJ, Men In Black Japan, ligado ao Ministério da Defesa, e agora eles pretendem me usar como arma para encontrar espiões disfarçados de países estrangeiros.

De qualquer forma, minha missão não inclui salvar este país, então acho que vou acabar morrendo em batalha. O pessoal do MIBJ provavelmente quer usar essas minhas aptidões de prever o futuro e exercer poderes de matar à distância.

Mas minha intenção é morrer na fé, como freira.

Pai, o senhor me criou com muita dedicação, mas, por favor, perdoe sua filha por ter se tornado uma espécie de monstro, como os X-Men. Algumas pessoas morrerão em um futuro próximo. Eu não conseguirei salvar este país.

Existe um Salvador verdadeiro. Eu sou apenas a precursora d'Ele.

Por fim, desejo do fundo do coração que a mamãe e meu irmão também possam viver felizes.

Vivi à mercê do destino, mas minha maior satisfação será pelo menos poder lhe dizer que Deus está vivo.

(Santa Agnes)

Assim terminava a carta.

Santa Agnes ainda não sabe que ela é um dos quatro Serafins, membros da mais elevada hierarquia de anjos.

O verdadeiro trabalho dela começará de maneira extensiva assim que ela retornar ao Céu.

Um anjo da mais elevada hierarquia nasceu neste país, o Japão, que está caminhando para a destruição. Ela manifestou seus poderes sobrenaturais depois de experimentar pecados e o perdão, e morreu jovem. Sem dúvida, nasceu para causar agitação em um mundo que se tornou materialista demais. E ela trouxe também a mensagem de Jesus a uma igreja que não acredita mais em milagres.

Espero que você consiga sentir a Luz no meio das adversidades.

FIM

SOBRE O AUTOR

Fundador e CEO do Grupo Happy Science.
Ryuho Okawa nasceu em 7 de julho de 1956, em Tokushima, no Japão. Após graduar-se na Universidade de Tóquio, juntou-se a uma empresa mercantil com sede em Tóquio. Enquanto trabalhava na matriz de Nova York, estudou Finanças Internacionais no Graduate Center of the City University of New York. Em 23 de março de 1981, alcançou a Grande Iluminação e despertou para Sua consciência central, El Cantare – cuja missão é trazer felicidade para a humanidade.

Em 1986, fundou a Happy Science, que atualmente expandiu-se para mais de 165 países, com mais de 700 templos e 10 mil casas missionárias ao redor do mundo.

O mestre Ryuho Okawa realizou mais de 3.450 palestras, sendo mais de 150 em inglês. Ele tem mais de 3.050 livros publicados (sendo mais de 600 mensagens espirituais) – traduzidos para mais de 40 línguas –, muitos dos quais se tornaram *best-sellers* e alcançaram a casa dos milhões de exemplares vendidos, inclusive *As Leis do Sol* e *As Leis De Messias*. Ele é o produtor executivo dos filmes da Happy Science (até o momento, 25 obras produzidas), sendo o responsável pela história e pelo conceito original deles, além de ser o compositor de mais de 450 músicas, inclusive músicas-tema de filmes.

Ele é também o fundador da Happy Science University, da Happy Science Academy, do Partido da Realização da Felicidade, fundador e diretor honorário do Instituto Happy Science de Governo e Gestão, fundador da Editora IRH Press e presidente da NEW STAR PRODUCTION Co. Ltd. e ARI Production Co. Ltd.

GRANDES CONFERÊNCIAS TRANSMITIDAS PARA O MUNDO TODO

As grandes conferências do mestre Ryuho Okawa são transmitidas ao vivo para várias partes do mundo. Em cada uma delas, ele transmite, na posição de Mestre do Mundo, desde ensinamentos sobre o coração para termos uma vida feliz, até diretrizes para a política e a economia internacional e as numerosas questões globais – como os confrontos religiosos e os conflitos que ocorrem em diversas partes do planeta –, para que o mundo possa concretizar um futuro de prosperidade ainda maior.

7/7/2022: "Seja Independente e Forte"
Saitama Super Arena

6/10/2019: "A Razão pela qual Estamos Aqui"
The Westin Harbour Castle, Toronto

3/3/2019: "O Amor Supera o Ódio"
Grand Hyatt Taipei

O Estigma Oculto 1 <O Mistério>

O QUE É EL CANTARE?

El Cantare é o Deus da Terra e é o Deus Primordial do grupo espiritual terrestre. Ele é a existência suprema a quem Jesus chamou de Pai, e é Ame-no-Mioya-Gami, Senhor Deus japonês. El Cantare enviou partes de sua alma à Terra, tais como Buda Shakyamuni e Hermes, para guiar a humanidade e desenvolver as civilizações. Atualmente, a consciência central de El Cantare desceu à Terra como Mestre Ryuho Okawa e está pregando ensinamentos para unir as religiões e integrar vários campos de estudo a fim de guiar toda a humanidade à verdadeira felicidade.

Alpha: parte da consciência central de El Cantare, que desceu à Terra há cerca de 330 milhões de anos. Alpha pregou as Verdades da Terra para harmonizar e unificar os humanos nascidos na Terra e os seres do espaço que vieram de outros planetas.

Elohim: parte da consciência central de El Cantare, que desceu à Terra há cerca de 150 milhões de anos. Ele pregou sobre a sabedoria, principalmente sobre as diferenças entre luz e trevas, bem e mal.

Ame-no-Mioya-Gami: Ame-no-Mioya-Gami (Senhor Deus japonês) é o Deus Criador e ancestral original do povo japonês que aparece na literatura da antiguidade, *Hotsuma Tsutae*. É dito que Ele desceu na região do Monte Fuji 30 mil anos atrás e construiu a dinastia Fuji, que é a raiz da civilização japonesa.

Centrados na justiça, os ensinamentos de Ame-no-Mioya-Gami espalharam-se pelas civilizações antigas de outros países do mundo.

Buda Shakyamuni: Sidarta Gautama nasceu como príncipe do clã Shakya, na Índia, há cerca de 2.600 anos. Aos 29 anos, renunciou ao mundo e ordenou-se em busca de iluminação. Mais tarde, alcançou a Grande Iluminação e fundou o budismo.

Hermes: na mitologia grega, Hermes é considerado um dos doze deuses do Olimpo. Porém, a verdade espiritual é que ele foi um herói da vida real que, há cerca de 4.300 anos, pregou os ensinamentos do amor e do desenvolvimento que se tornaram a base da civilização ocidental.

Ophealis: nasceu na Grécia há cerca de 6.500 anos e liderou uma expedição até o distante Egito. Ele é o deus dos milagres, da prosperidade e das artes, e também é conhecido como Osíris na mitologia egípcia.

Rient Arl Croud: nasceu como rei do antigo Império Inca há cerca de 7.000 anos e ensinou sobre os mistérios da mente. No mundo celestial, ele é o responsável pelas interações que ocorrem entre vários planetas.

Thoth: foi um líder onipotente que construiu a era dourada da civilização de Atlântida há cerca de 12 mil anos. Na mitologia egípcia, ele é conhecido como o deus Thoth.

Ra Mu: foi o líder responsável pela instauração da era dourada da civilização de Mu, há cerca de 17 mil anos. Como líder religioso e político, ele governou unificando a religião e a política.

SOBRE A HAPPY SCIENCE

A Happy Science é um movimento global que capacita as pessoas a encontrar um propósito de vida e felicidade espiritual, e a compartilhar essa felicidade com a família, a sociedade e o planeta. Com mais de 12 milhões de membros em todo o globo, ela visa aumentar a consciência das verdades espirituais e expandir nossa capacidade de amor, compaixão e alegria, para que juntos possamos criar o tipo de mundo no qual todos desejamos viver. Seus ensinamentos baseiam-se nos Princípios da Felicidade – Amor, Conhecimento, Reflexão e Desenvolvimento –, que abraçam filosofias e crenças mundiais, transcendendo as fronteiras da cultura e das religiões.

O **amor** nos ensina a dar livremente sem esperar nada em troca; amar significa dar, nutrir e perdoar.

O **conhecimento** nos leva às ideias das verdades espirituais e nos abre para o verdadeiro significado da vida e da vontade de Deus – o universo, o poder mais alto, Buda.

A **reflexão** propicia uma atenção consciente, sem o julgamento de nossos pensamentos e ações, a fim de nos ajudar a encontrar o nosso eu verdadeiro – a essência de nossa alma – e aprofundar nossa conexão com o poder mais alto. Isso nos permite alcançar uma mente limpa e pacífica e nos leva ao caminho certo da vida.

O **desenvolvimento** enfatiza os aspectos positivos e dinâmicos do nosso crescimento espiritual: ações que podemos adotar para manifestar e espalhar a felicidade pelo planeta. É um caminho que não apenas expande o crescimento de nossa alma, como também promove o potencial coletivo do mundo em que vivemos.

PROGRAMAS E EVENTOS

Os templos da Happy Science oferecem regularmente eventos, programas e seminários. Junte-se às nossas sessões de meditação, assista às nossas palestras, participe dos grupos de estudo, seminários e eventos literários. Nossos programas ajudarão você a:

- aprofundar sua compreensão do propósito e significado da vida;
- melhorar seus relacionamentos conforme você aprende a amar incondicionalmente;
- aprender a tranquilizar a mente, mesmo em dias muito estressantes, pela prática da contemplação e da meditação;
- aprender a superar os desafios da vida e muito mais.

CONTATOS

A Happy Science é uma organização mundial, com centros de fé espalhados pelo globo. Para ver a lista completa dos centros, visite a página happy-science.org (em inglês). A seguir encontram-se alguns dos endereços da Happy Science:

BRASIL

São Paulo (Matriz)
Rua Domingos de Morais 1154,
Vila Mariana, São Paulo, SP
CEP 04010-100, Brasil
Tel.: 55-11-5088-3800
E-mail: sp@happy-science.org
Website: happyscience.com.br

São Paulo (Zona Sul)
Rua Domingos de Morais 1154,
Vila Mariana, São Paulo, SP
CEP 04010-100, Brasil
Tel.: 55-11-5088-3800
E-mail: sp_sul@happy-science.org

São Paulo (Zona Leste)
Rua Itapeti 860, sobreloja
Tatuapé, São Paulo, SP
CEP 03324-002, Brasil
Tel.: 55-11-2295-8500
E-mail: sp_leste@happy-science.org

São Paulo (Zona Oeste)
Rua Rio Azul 194,
Vila Sônia, São Paulo, SP
CEP 05519-120, Brasil
Tel.: 55-11-3061-5400
E-mail: sp_oeste@happy-science.org

Campinas
Rua Joana de Gusmão 108,
Jd. Guanabara, Campinas, SP
CEP 13073-370, Brasil
Tel.: 55-19-4101-5559

Capão Bonito
Rua General Carneiro 306,
Centro, Capão Bonito, SP
CEP 18300-030, Brasil
Tel.: 55-15-3543-2010

Jundiaí
Rua Congo 447,
Jd. Bonfiglioli, Jundiaí, SP
CEP 13207-340, Brasil
Tel.: 55-11-4587-5952
E-mail: jundiai@happy-science.org

Londrina
Rua Piauí 399, 1º andar, sala 103,
Centro, Londrina, PR
CEP 86010-420, Brasil
Tel.: 55-43-3322-9073

Santos / São Vicente
Tel.: 55-13-99158-4589
E-mail: santos@happy-science.org

Sorocaba
Rua Dr. Álvaro Soares 195, sala 3,
Centro, Sorocaba, SP
CEP 18010-190, Brasil
Tel.: 55-15-3359-1601
E-mail: sorocaba@happy-science.org

Rio de Janeiro
Rua Barão do Flamengo 32, 10º andar,
Flamengo, Rio de Janeiro, RJ
CEP 22220-080, Brasil
Tel.: 55-21-3486-6987
E-mail: riodejaneiro@happy-science.org

ESTADOS UNIDOS E CANADÁ

Nova York
79 Franklin St.,
Nova York, NY 10013
Tel.: 1-212-343-7972
Fax: 1-212-343-7973
E-mail: ny@happy-science.org
Website: happyscience-na.org

Los Angeles
1590 E. Del Mar Blvd.,
Pasadena, CA 91106
Tel.: 1-626-395-7775
Fax: 1-626-395-7776
E-mail: la@happy-science.org
Website: happyscience-na.org

São Francisco
525 Clinton St.,
Redwood City, CA 94062
Tel./Fax: 1-650-363-2777
E-mail: sf@happy-science.org
Website: happyscience-na.org

Havaí – Honolulu
Tel.: 1-808-591-9772
Fax: 1-808-591-9776
E-mail: hi@happy-science.org
Website: happyscience-na.org

Havaí – Kauai
4504 Kukui Street,
Dragon Building Suite 21,
Kapaa, HI 96746
Tel.: 1-808-822-7007
Fax: 1-808-822-6007
E-mail: kauai-hi@happy-science.org
Website: happyscience-na.org

Flórida
5208 8th St., Zephyrhills,
Flórida 33542
Tel.: 1-813-715-0000
Fax: 1-813-715-0010
E-mail: florida@happy-science.org
Website: happyscience-na.org

Toronto (Canadá)
845 The Queensway Etobicoke,
ON M8Z 1N6, Canadá
Tel.: 1-416-901-3747
E-mail: toronto@happy-science.org
Website: happy-science.ca

INTERNACIONAL

Tóquio
1-6-7 Togoshi, Shinagawa
Tóquio, 142-0041, Japão
Tel.: 81-3-6384-5770
Fax: 81-3-6384-5776
E-mail: tokyo@happy-science.org
Website: happy-science.org

Londres
3 Margaret St.,
Londres, W1W 8RE, Reino Unido
Tel.: 44-20-7323-9255
Fax: 44-20-7323-9344
E-mail: eu@happy-science.org
Website: happyscience-uk.org

Sydney
516 Pacific Hwy, Lane Cove North,
NSW 2066, Austrália
Tel.: 61-2-9411-2877
Fax: 61-2-9411-2822
E-mail: sydney@happy-science.org
Website: happyscience.org.au

Kathmandu
Kathmandu Metropolitan City
Ward Nº 15, Ring Road, Kimdol,
Sitapaila Kathmandu, Nepal
Tel.: 977-1-427-2931
E-mail: nepal@happy-science.org

Kampala
Plot 877 Rubaga Road, Kampala
P.O. Box 34130, Kampala, Uganda
Tel.: 256-79-3238-002
E-mail: uganda@happy-science.org

Paris
56-60 rue Fondary 75015
Paris, França
Tel.: 33-9-50-40-11-10
Website: www.happyscience-fr.org

Berlim
Rheinstr. 63, 12159
Berlim, Alemanha
Tel.: 49-30-7895-7477
E-mail: kontakt@happy-science.de

Seul
74, Sadang-ro 27-gil,
Dongjak-gu, Seoul, Coreia do Sul
Tel.: 82-2-3478-8777
Fax: 82-2- 3478-9777
E-mail: korea@happy-science.org

Taipé
No 89, Lane 155, Dunhua N. Road.,
Songshan District, Cidade de Taipé 105,
Taiwan
Tel.: 886-2-2719-9377
Fax: 886-2-2719-5570
E-mail: taiwan@happy-science.org

Kuala Lumpur
No 22A, Block 2, Jalil Link Jalan
Jalil Jaya 2, Bukit Jalil 57000, Kuala
Lumpur, Malásia
Tel.: 60-3-8998-7877
Fax: 60-3-8998-7977
E-mail: malaysia@happy-science.org
Website: happyscience.org.my

A Série *O Estigma Oculto*

O Estigma Oculto 2
<A Ressurreição>
IRH Press do Brasil

Uma sequência de *O Estigma Oculto 1* <*O Mistério*>, de Ryuho Okawa. Depois de uma extraordinária experiência espiritual, uma jovem e misteriosa freira católica recebe agora uma nova e nobre missão. Que tipo de destino enfrentará? Será esperança ou desespero que a espera? A história se desenvolve em uma sequência de eventos inimaginável. Você está pronto para o final chocante?

O Estigma Oculto 3
<O Universo>
IRH Press do Brasil

Nesta surpreendente sequência das duas primeiras partes da série *O Estigma Oculto*, a protagonista viaja pelo Universo e encontra um mundo místico desconhecido pela humanidade. Surpreenda-se com o que a espera além deste mundo repleto de mistérios.

OUTROS LIVROS DE RYUHO OKAWA

SÉRIE LEIS

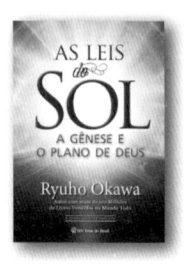

As Leis do Sol – A Gênese e o Plano de Deus
IRH Press do Brasil

Ao compreender as leis naturais que regem o universo e desenvolver sabedoria pela reflexão com base nos Oito Corretos Caminhos, o autor mostra como acelerar nosso processo de desenvolvimento e ascensão espiritual. Edição revista e ampliada.

As Leis De Messias – Do Amor ao Amor
IRH Press do Brasil

Okawa fala sobre temas fundamentais, como o amor de Deus, a fé verdadeira e o que os seres humanos não podem perder de vista ao longo do treinamento de sua alma na Terra. Ele revela os segredos de Shambala, o centro espiritual da Terra, e por que devemos protegê-lo.

As Leis da Coragem – Seja como uma Flama Ardente e Libere Seu Verdadeiro Potencial – IRH Press do Brasil

Os fracassos são como troféus de sua juventude. Você precisa extrair algo valioso deles. De dicas práticas para formar amizades duradouras a soluções universais para o ódio e o sofrimento, Okawa nos ensina a transformar os obstáculos em alimento para a alma.

As Leis do Segredo
A Nova Visão de Mundo que Mudará Sua Vida
IRH Press do Brasil

Qual é a Verdade espiritual que permeia o universo? Que influências invisíveis aos olhos sofremos no dia a dia? Como podemos tornar nossa vida mais significativa? Abra sua mente para a visão de mundo apresentada neste livro e torne-se a pessoa que levará coragem e esperança aos outros aonde quer que você vá.

As Leis de Aço
Viva com Resiliência, Confiança e Prosperidade
IRH Press do Brasil

A palavra "aço" refere-se à nossa verdadeira força e resiliência como filhos de Deus. Temos o poder interior de manifestar felicidade e prosperidade, e superar qualquer mal ou conflito que atrapalhe a próxima Era de Ouro.

As Leis do Sucesso – Um Guia Espiritual para Transformar suas Esperanças em Realidade
IRH Press do Brasil

O autor mostra quais são as posturas mentais e atitudes que irão empoderá-lo, inspirando-o para que possa vencer obstáculos e viver cada dia de maneira positiva e com sentido. Aqui está a chave para um novo futuro, cheio de esperança, coragem e felicidade!

As Leis da Invencibilidade
Como Desenvolver uma Mente Estratégica e Gerencial – IRH Press do Brasil

Okawa afirma: "Desejo fervorosamente que todos alcancem a verdadeira felicidade neste mundo e que ela persista na vida após a morte. Um intenso sentimento meu está contido na palavra 'invencibilidade'. Espero que este livro dê coragem e sabedoria àqueles que o leem hoje e às gerações futuras".

As Leis da Sabedoria – Faça Seu Diamante Interior Brilhar – IRH Press do Brasil

A única coisa que o ser humano leva consigo para o outro mundo após a morte é seu coração. E dentro dele reside a sabedoria, a parte que preserva o brilho de um diamante. O mais importante é jogar um raio de luz sobre seu modo de vida e produzir magníficos cristais durante sua preciosa passagem pela Terra.

As Leis da Perseverança – Como Romper os Dogmas da Sociedade e Superar as Fases Difíceis da Vida –IRH Press do Brasil

Você pode vencer os obstáculos da vida apoiando-se numa força especial: a perseverança. O autor compartilha seus segredos no uso da perseverança e do esforço para fortalecer sua mente, superar suas limitações e resistir ao longo do caminho que o levará a uma vitória infalível.

As Leis da Felicidade
Os Quatro Princípios para uma Vida
Bem-Sucedida – Editora Cultrix

Uma introdução básica sobre os Princípios da Felicidade: Amor, Conhecimento, Reflexão e Desenvolvimento. Se as pessoas conseguirem dominá-los, podem fazer sua vida brilhar, tanto neste mundo como no outro, e escapar do sofrimento para alcançar a verdadeira felicidade.

SÉRIE AUTOAJUDA

Vivendo sem estresse – Os Segredos de uma Vida Feliz e Livre de Preocupações – IRH Press do Brasil

Por que passamos por tantos desafios? Deixe os conselhos deste livro e a perspectiva espiritual ajudá-lo a navegar pelas turbulentas ondas do destino com um coração sereno. Melhore seus relacionamentos, aprenda a lidar com as críticas e a inveja, e permita-se sentir os milagres dos Céus.

Os Verdadeiros Oito Corretos Caminhos – Um Guia para a Máxima Autotransformação – IRH Press do Brasil

Neste livro, Okawa nos orienta como aplicar no cotidiano os ensinamentos dos Oito Corretos Caminhos propagados por Buda Shakyamuni e mudar o curso do nosso destino. Descubra este tesouro secreto da humanidade e desperte para um novo "eu", mais feliz, autoconsciente e produtivo.

O Estigma Oculto 1 <O Mistério>

Twiceborn – Renascido – Partindo do comum até alcançar o extraordinário – IRH Press do Brasil

Twiceborn está repleto de uma sabedoria atemporal que irá incentivar você a não ter medo de ser comum e a vencer o "eu fraco" com esforços contínuos. Eleve seu autoconhecimento, seja independente e desperte para os diversos valores da vida.

Introdução à Alta Administração
Almejando uma Gestão Vencedora
IRH Press do Brasil

Almeje uma gestão vencedora com: os 17 pontos-chave para uma administração de sucesso; a gestão baseada em conhecimento; atitudes essenciais que um gestor deve ter; técnicas para motivar os funcionários; a estratégia para sobreviver a uma recessão.

O Verdadeiro Exorcista – Obtenha Sabedoria para Vencer o Mal – IRH Press do Brasil

Assim como Deus e os anjos existem, também existem demônios e maus espíritos. Esses espíritos maldosos penetram na mente das pessoas, tornando-as infelizes e espalhando infelicidade àqueles ao seu redor. Aqui o autor apresenta métodos poderosos para se defender do ataque repentino desses espíritos.

Mente Próspera – Desenvolva uma Mentalidade para Atrair Riquezas Infinitas
IRH Press do Brasil

Okawa afirma que não há problema em querer ganhar dinheiro se você procura trazer algum benefício à sociedade. Ele dá orientações valiosas como: a atitude mental de não rejeitar a riqueza, a filosofia do dinheiro é tempo, como manter os espíritos da pobreza afastados, entre outros.

O Milagre da Meditação – Conquiste Paz, Alegria e Poder Interior – IRH Press do Brasil

A meditação pode abrir sua mente para o potencial de transformação que existe dentro de você e conecta sua alma à sabedoria celestial, tudo pela força da fé. Este livro combina o poder da fé e a prática da meditação para ajudá-lo a conquistar paz interior e cultivar uma vida repleta de altruísmo e compaixão.

THINK BIG – Pense Grande
O Poder para Criar o Seu Futuro
IRH Press do Brasil

A ação começa dentro da mente. A capacidade de criar de cada pessoa é limitada por sua capacidade de pensar. Com este livro, você aprenderá o verdadeiro significado do Pensamento Positivo e como usá-lo de forma efetiva para concretizar seus sonhos.

Estou Bem! – 7 Passos para uma Vida Feliz
IRH Press do Brasil

Este livro traz filosofias universais que irão atender às necessidades de qualquer pessoa. Um tesouro repleto de reflexões que transcendem as diferenças culturais, geográficas, religiosas e étnicas. É uma fonte de inspiração e transformação com instruções concretas para uma vida feliz.

A Mente Inabalável – Como Superar as Dificuldades da Vida– IRH Press do Brasil

Para o autor, a melhor solução para lidar com os obstáculos da vida – sejam eles problemas pessoais ou profissionais, tragédias inesperadas ou dificuldades contínuas – é ter uma mente inabalável. E você pode conquistar isso ao adquirir confiança em si mesmo e alcançar o crescimento espiritual.

SÉRIE FELICIDADE

A Verdade sobre o Mundo Espiritual
Guia para uma vida feliz – IRH Press do Brasil

Em forma de perguntas e respostas, este precioso manual vai ajudá-lo a compreender diversas questões importantes sobre o mundo espiritual. Entre elas: o que acontece com as pessoas depois que morrem? Qual é a verdadeira forma do Céu e do Inferno? O tempo de vida de uma pessoa está predeterminado?

Convite à Felicidade – 7 Inspirações do Seu Anjo Interior – IRH Press do Brasil

Este livro traz métodos práticos para criar novos hábitos para uma vida mais leve, despreocupada, satisfatória e feliz. Por meio de sete inspirações, você será guiado até o anjo que existe em seu interior: a força que o ajuda a obter coragem e inspiração e ser verdadeiro consigo mesmo.

A Essência de Buda
O Caminho da Iluminação e da Espiritualidade Superior – IRH Press do Brasil

Este guia almeja orientar aqueles que estão em busca da iluminação. Você descobrirá que os fundamentos espiritualistas, tão difundidos hoje, na verdade foram ensinados por Buda Shakyamuni, como os Oito Corretos Caminhos, as Seis Perfeições, a Lei de Causa e Efeito e o Carma, entre outros.

Ame, Nutra e Perdoe
Um Guia Capaz de Iluminar Sua Vida
IRH Press do Brasil

O autor revela os segredos para o crescimento espiritual por meio dos Estágios do amor. Cada estágio representa um nível de elevação. O objetivo do aprimoramento da alma humana na Terra é progredir por esses estágios e conseguir desenvolver uma nova visão do amor.

O Caminho da Felicidade – Torne-se um Anjo na Terra – IRH Press do Brasil

Aqui o leitor vai encontrar a íntegra dos ensinamentos de Ryuho Okawa, que servem de introdução aos que buscam o aperfeiçoamento espiritual: são Verdades Universais que podem transformar sua vida e conduzi-lo para o caminho da felicidade.

Mude Sua Vida, Mude o Mundo – Um Guia Espiritual para Viver Agora – IRH Press do Brasil

Este livro é uma mensagem de esperança, que contém a solução para o estado de crise em que vivemos hoje. É um chamado para nos fazer despertar para a Verdade de nossa ascendência, a fim de que todos nós possamos reconstruir o planeta e transformá-lo numa terra de paz, prosperidade e felicidade.

As Chaves da Felicidade
Os 10 Princípios para Manifestar a Sua Natureza Divina – Editora Cultrix

Neste livro, o autor ensina de forma simples e prática os dez princípios básicos – Felicidade, Amor, Coração, Iluminação, Desenvolvimento, Conhecimento, Utopia, Salvação, Reflexão e Oração – que servem de bússola para nosso crescimento espiritual e nossa felicidade.